猫と罰

宇津木健太郎

新潮社

猫と罰

猫には九つの命がある。
その内の三つで遊び、
その内の三つで放浪し、
最後の三つで人間と一緒にいる。

——英語の古い諺《ことわざ》より

一

己《おれ》という名前の無い猫をなあなあで居つかせたあの男との関係は、結局あいつが己に名前を付けないままに終わってしまった。

今でも、風変わりな男だったと思う。したたかで癇癪《かんしゃく》持ちの厭世家ではあったが、それでも、己が八つの命を繋いできた長い時間の中で言えば、あいつと過ごした日々が一番穏やかで幸福だったというのは間違いない。

あの男の下で過ごしたのは『三つめ』の時だった。九つある命の内の、大切な一つ。その中でもこの『三つめ』は、一等特別な思い出である。

なにせ、『一つめ』の時も『二つめ』の時も碌《ろく》な一生ではなかった。辛うじて生きながらえては死に、やっとこさ生き抜いては呆気《あっけ》なく死ぬ。その繰り返しで、『真名《まな》』を貰うことが出来ぬままだったのだ。

真《まこと》の名前——人間には与《あずか》り知らぬことだろうが、これが有ると無いとでは、魂の価値が違う。品格と言い換えても良かろう。仙人の如き叡智《えいち》を得て、王者の如き威厳を得る。一回の命しか持てぬ他の生き物と我ら猫との大きな違いは、この真名によるものだ。

真名を持たぬつもりなら、それでもいい。だが真の名を持たぬ猫など、愚鈍で無知蒙昧《もうまい》な有象無象《うぞうむぞう》である。幾ら九つの命を繰り返そうと、所詮《しょせん》、、、けだものの範疇から抜け出せぬ、哀れな魂魄《こんぱく》にしかならぬ。

早くに真名を得られれば良い。しかし己の場合、そう簡単にいかなかった。だからこそ、『三つめ』の命を受けた時、己はどうしても、あの男に名前を与えて欲しかった。

なのに、あの男は実にいい加減であった。わざわざ己を迎え入れたにも拘《かか》わらず、世話は細君《さいくん》に任せきりであるし、細君の他に家族の者と話す時は持ち前の癇癪を破裂させたり、飄々《ひょうひょう》として軽口を叩いたりした。

そんな奴の下に居着いてしまったので、『三つめ』でもついぞ名前を貰えずに終わった。流石《さすが》に『四つめ』にもなって名無しでは、己の生き様というものに示しがつかぬ。

——仕方がないので、男の名前を借りて「金之助《きんのすけ》」と名乗ることにした。

ところがそれから、己はこの真名を使うことなく、次の命もその次の命も無駄にしていった。

その次も、その次も。

そして『八つめ』の時にようやく悟った。生きるとは虚しいものなのだと。

人間どもは、生きるということを難しく考える。飯を食い、十分に眠る。それだけで、大体動物は幸せになれるのだ。飢えに苦しんだり、食われたりする心配もなく生きられるなら、それでいいじゃないか。

なのに大抵は、やれ金が必要だとか、やれ生きがいが欲しいだとか、人はやたら背伸びをしたがる。真に苦悶している人間など、連中の内にどの程度居るのか、知れたものではない。

そして大層な夢を口にして、連中の多くは何も成し遂げぬままポックリ死んでいく。

夢なんてものは、持たないに限る。

災厄に見舞われてしまったら、諦めて身を委ねればいい。そこまでの運だったってことなのだ。たとえどんなに身近で大切な奴が死んだって、己には何の関係も無い——簡単にそう思えるのだから、諦観《ていかん》というものは便利な方便ではないか。

あの男も、そうして心を病んだのだろうか？

時々思い返してみるが、答えは出ない。所詮、猫に人間の考えなど分かりはしないのだ。

人間が猫に対してそうであるように。

『九つめ』の、最後の命。

どんなに惨《みじ》めったらしい最期を迎えることになろうとも、本当にこれが最後の『九つめ』である。しかし己は、誰にも何にも期待せず、ただ漫然と生きると決めていた。

そんな後ろ向きな決意など知る由《よし》もない母は、他の姉達や兄に対してと同様に、己の体を丁寧に舐め、慈しんだ。

場所は神社の縁の下で、雨が降っていて妙に寒い。体は濡れなかったが、『八つめ』までに蓄積した知識や経験がすぐに思い出せず、その寒さに本能的な恐怖を覚えて身震いしてしまう。

慰めるように母は己の体を舐め続け、姉と兄は常に己に寄り添う。無条件に与えられるこの温《ぬく》もりと優しさは、どの命に産まれても変わらない。しかしすぐに失われるものだということは、痛いほどに理解していた。だから己は、こいつらに甘えることなくただ沈黙し、なすがままにする。雨が土や木々の葉を叩く音を聴きながら、その日はすぐに眠った。

暗く湿った神社の縁の下が、己達家族のねぐらである。

母と、二匹の姉と一匹の兄。みんな毛並みは茶トラやキジトラだったが、己だけは真っ黒である。肉球まで黒く、母はその一貫した色合いに感心した。

「真っ黒で綺麗だねぇ」

上の姉もそんなことを言ったが、己にとってはもう何十年となく付き合い続けた毛並みなので今更何を思うこともない。そんな素っ気ない己のことを、兄は「可愛くねえな」と愚痴りながら、自身の毛繕《けづくろ》いをする。

母の乳を吸いながら、己は徐々に記憶を取り戻していった。もう何度も繰り返してきた、八つの命の記憶。それらを思い返し、脳裏に焼き付ける毎に、己はどんどんと他者に対して警戒心を強めていった。本来心を寄せるべきであろう、母と兄、姉に対しても。

それでも、彼らは己を見捨てない。可愛げの無い己のことを世話し、面倒を見る。その様子を観察しながら、己はぼんやりと考えた。

親は子に、惜しみない愛を注ぐ。そこに見返りは無く、この無償の愛は不変とされるのが通念であろう。この愛こそが子を育み、生き抜く力となり、次の世代に引き継がれる。まさしくこれは献身的行為であり、また恒久的愛情に見える。だが、それが真に愛なのか？

馬鹿馬鹿しい。永《とこし》えに続く愛など、存在するものか。親兄弟という割り振られた記号が引き起こす、義務的な行動に過ぎぬ。

今まで殆どの命を無残に散らしてきた己からすれば、真実の愛情など、絵空事の夢物語だ。無駄なことは全て忘れ、無視するに限る。それが生きるコツというものだ。その点で言えば己ら猫は、人間より余程賢く生きているだろう。

……だからもう、誰の世話にもなるつもりはない。

もう己に関わらないでくれ。

もう、人間は御免なのだ。


産まれたのは、梅雨の時期だった。

場所は分からないが、何処《どこ》ぞの片田舎であるらしい。田圃《たんぼ》が連なる山間《やまあい》に点々と建つ民家が、小山の上から見下ろせる。昼間でも車通りは少なく、神社が建てられた小山の森の中は、特に人の往来が無い。鬱蒼《うっそう》と繁る林の木漏れ日は心地よい暖かさで、嘗《かつ》て住んだ東京の喧騒や異臭とは縁遠い、芳醇な土と水の匂いに満ちた土地である。

根城としている神社はそんな住み心地のいい場所だった。しかし時々、社《やしろ》の管理人らしき男が訪れ、頭上でゴソゴソうるさく掃除をする。猫を含めた動物全般が嫌いらしく、母曰《いわ》く、以前に男の住む家の近くを通りがかった時、物凄い剣幕で追い立てられたそうだ。以来、母は己に「絶対姿を見せちゃ駄目だよ」と事あるごとに強く戒めている。嘗て己を折檻した男の顔を思い出し、身震いしてその忠告に従っていた。

危ないところ、行ってはいけないところ。そうした場所を学びながら、己は神社を中心とした山の中を家族で彷徨《さまよ》い、餌を探し、見知らぬ土地を徐々に自分の庭へ変えていった。

そんな習慣も根付いた六月の終わり頃。日向を歩けば嫌気が差し、地面も熱くて堪《たま》らないくらいになった。自然と、己達は日中を神社の縁の下で過ごし、夕方から夜に掛けて餌を求める生活を送るようになった。

そろそろ乳離れをして、固形物を食わねばならない時期である。母達は己に、遊びがてら狩りの仕方を教えてくれるようになった。

己の場合は『八つめ』までの記憶と経験があるので、実際に新しく覚える知識などは無い。親や兄達が『幾つめ』なのかは知らないし、己達猫は普通それを誰かに教えることはないのだが、少なくとも姉や兄より己の狩りは上手いだろう。

だが、この仔猫の体というのはどうしても元気が有り余る。大人の頃と勝手が違い、手加減したつもりがまるで弱かったり、力を籠めると強すぎたりして、記憶と体の動きがちぐはぐになってしまっているのだ。勘を取り戻す為にも、不本意ではあるが遊びに興じなければならない。

姉達もそれを知ってか知らずか、ああだこうだと口出しはしない。母の尻尾がパタパタと動くのを、抗《あらが》えぬ本能に従って追いかけ、両前足でひっぱたきながら無為に時間を過ごすのを、ただじっと見ている。時々強く叩いたり噛んだりすると、前足でチョイチョイと窘《たしな》められる。

蟬《せみ》を獲り、野ネズミを獲り、川の水を飲む。人が近付けば逃げて姿を隠し、止《や》む無く村に出なければならぬ時は車に気を付ける。

そんな当たり前のことがやっと習慣として身に沁みついてきた時である。上の姉が夕方、散歩から戻ってきて興奮気味に言った。

「ねえ、ご飯もらえる場所、見付けたよ！」

曰く、隣の小山の麓に新しく住民が越してきたという。大分昔から空き家になっていたのを改装し、再び住めるようにしたそうだ。近くの農道の木陰で昼寝をしていたところ、見慣れない顔の人間が飯をくれたと言うのである。

連中は都会から来た人間なのだろう。野良猫というものを珍しがり、ここらの農民であれば常識となっているはずの、「猫は畑に糞を引っ掛け、干物を盗んでいくコソ泥である」という認識が無いらしい。

労せずして飯にありつける。野生動物にとってこれほど手軽で確実な食事は無い。これに、母も兄も下の姉も喜び、明日はそこへ行こうという話になった。が、己は慌ててそれを止めた。

人はいつか居なくなるし、野良猫なぞに飯を与える連中は、簡単に見捨てる。気まぐれで動物を可愛がり、ちょっと面倒になったら平気で捨てるのだ。そんな連中に日々の糧《かて》を頼るのは危ないと、強く言ったつもりだった。

だが、姉も兄も、果ては母までも、己の言葉に実感が湧かないようだった。

「もう、ご飯が獲れなくてお腹が減ることもないいんだよ？」

皆、短絡的な考えしか出てこないようで、己の言葉が何も理解出来ないらしい。

この時、己はようやく知った。

彼らはみな、『一つめ』なのだ。

人が容易に心変わりする存在だということも、その生活が永遠には続かないものだということも、まるで分かっていない。信じられないほどの能天気ぶりは、人間との関わりが己よりもずっと浅いことをはっきりと示している。

鈍感で無知で、愚かしい。けれど込み上げるこの鬱憤《うっぷん》や嫌悪をぶつけても、彼らを引き留める力にはならぬことを、賢い己は理解してしまっていた。

結局翌日から、家族は皆、飯をくれるという家の近くで日中を過ごすようになってしまった。

己は、誘われても頑《かたく》なに断って、日中は神社の縁の下に引き籠った。

ああ、まただ。またこれだ。

信じた傍《そば》から去っていく。いい加減に諦めろと何度も自分に言い聞かせてきたはずなのに、今度こそは、と心の何処かで期待してしまっていた。この『九つめ』でさえも。

無償で与えられる親や家族からの愛情がそうさせたのか、転生の都度に一度忘却の彼方へと記憶が追いやられてしまう為か。悔やむが、しかし詮の無いことだった。

己は相変わらず虫やスズメを獲るなどしていたが、怠惰に過ごす家族は、行って帰ってを繰り返す日々が続いて。

……そうして、いつしか皆、神社に帰ってこなくなった。

晩夏の頃である。己の体も一回りだけ大きくなり、己一匹だけでも餌が獲れるようになったというのに、家族は誰も帰ってこない。

理由は知れぬ。知れぬが、人と関わり過ぎたことに原因があるのは明白だった。

人に拾われたのか。そして己は、見捨てられたのか。

考えるだけ無駄に思えて、己はただ、まだ夏だというのにやけに冷たくなった縁の下で、孤独に眠る日々を送ることに決めた。

拾われに行こうとも、そして捜しに行こうとも思わない。結局いつかは、誰しも孤独に生きなければならぬのだ。頼れば負けだ。信じれば負けだ。それを忘れた時、己の心は深く深く沈み、傷つくだろうから——そう自分に言い聞かせる。

この孤独を、己はよく知っている。


暑い夏も盛りを過ぎ、森に流れてくる風も僅《わず》かに涼しくなった頃。

体が大きくなってからは、神社のすぐ裏手にある森の茂みに隠れて眠ることを覚えた。が、吹きさらしの縁の下は、一匹だけの身ではどうにも寒くて仕方がない。

社の中にどうにかして潜り込んで夜を明かすことも出来たが、日中は難しい。いつ、例の動物嫌いの男がやってくるかも分からぬのでは、落ち着かなかった。

それにそろそろ、この場所にも飽きた。

家族の温もりも無く、ただ無為な毎日。何より、己一匹だけになったその場所でぽつねんと過ごすことしか出来ないのでは、どうにもつまらぬ。加えて、山や海に近い場所は、これからの秋や冬には酷《ひど》く寒くなるものだ。この社の下でぬくぬく過ごせるとは思えぬ。

どうしたものかと考える内に、過去に受けた生の中で幾度か、都会で生活する人間の厄介になった短い期間を思い出す。多くの人間が群れと大きな集落を作って生活している所為《せい》か、冬場も比較的暖かかった。悪臭は田舎よりも酷《ひど》いが、不本意な形で凍え死ぬよりは余程よい。

己は、街へ行くことを決めた。

しかし、県境を跨《また》いでそう遠くへ行く必要はない。何より、向かった先が今より寒い場所では元も子もなかった。己は腹ごしらえを終えてひと眠りした後、夜の闇に紛れて山を下りることにする。取り敢えず、南だ。己は、まだ少しぬかるんでいる砂利道をトボトボと歩く。

月の左半分が欠けた、何等《なんとう》か明るい夜だった。それでも、己の真っ黒い体は十分に夜に溶け込んでいるはずだ。厄介な獣や人間に見付からずに、山道や農道を抜け、人里へと向かえるだろう。

虫の鳴き声が、一面の田圃から聞こえた。合唱のようなそれは、繊細な己ら猫には耳障りで仕方ない。カエルの声までする辺り、森の中より騒々しい。早く抜けてしまいたいが、田圃は何処までも続いていた。

何も考えることが無く、思考は自然と、消えてしまった家族を追う。三月《みつき》にも満たない短い間の付き合いだったが、それでも己の中で強く印象に残る存在であることが、腹立たしい。

——何処へ行くの？

そんな、母の声が聞こえた気がした。

ハッとして振り返るが、己の歩いてきた未舗装の道路と、何枚もの田圃が広がるばかりである。その向こうに、まだ明かりの点いた家がぽつりぽつりと点在している。ただでさえまばらな家々は、更に閑散としているように見えた。

『七つめ』の時のことを、ふと思い出す。

散々人間に絶望し、生まれ変わった先は猫の住む島だった。猫島だなんだとテレビにも取り上げられて、来島者が己達に無駄に戯れにやってくるし、飼えなくなった猫をわざわざ捨てようとするどうしようもない奴も来る。そんな掃《は》き溜《だ》めのような島だ。

己は、『七つめ』の一生をそこで終えた。既に人間を信じることが出来ず、同族と群れることも出来ず、ただ孤独に生きた。周りに幾らでも猫が居るにも拘わらず、誰とも距離を縮めようとしなかったあの頃のことを、点在する家の明かりがありありと思い出させる。

自由気ままに生きるとは、そういうことだった。今、己がたった一匹で街を目指そうとしているように。

冷たい夜風に身を震わせて、己は足早に村を離れた。


長いようで短い夜が明けた。まだ街の姿は見えない。

猫の足では、山間部の村と村の間を行き来するだけでも一苦労だ。夜通し歩いても、目的地は程遠い。徐々に蒸し暑くなる、草と土の匂いが混じった空気を吸い込みながら、己はいつまで続くとも知れない田舎道を歩き続ける。朝靄《あさもや》が掛かった、湿った空気が体にまとわりついた。

と、遠くから微《かす》かに車のエンジン音がした。

咄嗟《とっさ》に道を抜け、林の茂みに逃げ込んで姿を隠す。茂みの中から、己が今歩いてきた方をじっと見ていると、おんぼろの軽トラががたがたと悪路を走ってくるのが見えた。車体は土で汚れ、荷台には農具と野菜が積まれている。軽トラは少し離れたところに止まり、運転していた爺《じじい》は誰も見ていないのをいいことに、路傍で悠然と立小便を始めた。野良猫でもあるまいに、品の無い男である。

そんな下品な爺の顔には見覚えがあった。週に何度か朝方に軽トラを走らせ、街の駅に近い無人販売所へ野菜を補充に行く農家の爺だ。いつだったか、歳のせいで野小便《のしょうべん》がしづらくて困る、とやはり下品なことを家族に愚痴っているのを、上の姉と共にあいつの家の裏手で聞いた。確か、庭先に干していた川魚の開きを盗みに入った時だったか。

ともかく、この車に乗ってしまえば、己は街へ連れていってもらえるというわけだ。

己は音も立てずに車に駆け寄り、軽々と荷台へとジャンプした。土臭い野菜ばかりに囲まれる中で、己は体を丸め、農具の陰に身をひそめる。

やがて、小便から戻った爺が再び軽トラを発進させる。喧《やかま》しいエンジンの音と落ち着かない振動が生まれ、己の体は野菜や農具と共に街へと連れていかれることになった。激しく揺られながらも体は短時間で慣れてしまったのか、ほんの短い間だが己は眠りに落ちる。

そうして微睡《まどろ》んでいる内に、軽トラが止まった。

目を開けて、荷台の外を見回す。

土の匂いも、木々の匂いもしない。虫の音も聞こえなかった。荷台から見る限りでは、空を遮る山も無い。極々平凡な住宅地のようである。案の定、森よりも暖かい。その代わり、空気はあまり美味くなかった。近くを通る電車の、車輪が線路を叩く音がうるさくて仕方がない。

爺が荷台のアオリ戸を開けて、野菜を幾つか取り出していくのを、農具の陰からこっそりと見送る。そうして軽トラに背を向け、無人販売の棚に野菜を順番に入れていく様子を確認して、己はそっと荷台から飛び降り、またトコトコと道を歩き始めた。

農村ほど早くはないが、街もまた朝から忙《せわ》しない。既に何百人という大勢の人間達が駅に吸い込まれ、各々が働く場所へと向かっていく。己はそんな人混みを避ける為、改札とは反対方面、人通りの少ない細い道が入り組んだその先へ向かうことにした。

塀の上を歩きながら、横目に線路や駅のホーム、そしてそこに集まる人間達を見て、己は心底呆《あき》れてしまう。誰も彼も、俯《うつむ》いて手元の本や新聞、携帯電話に視線を落とし、己という仔猫のことを気にしない。自分のことにご執心《しゅうしん》らしい。

とにかく人間はこうした、ストレスの溜まる密集した場所での行動をやたらと好む。こうすることで労働とやらを行ない、金を稼ぎ、日々の飯にありつくのだ。

つくづく、奇妙な連中だ。何度転生を繰り返しても、その思いは変わらない。

腹が減ったなら、自分で飯を獲ればいい。動物として生きるとはそういうものだ。だのに連中ときたら、矜持《きょうじ》やら尊厳やらを持ちだし、見栄を張り、言い訳をし、これが理想だと自分に言い聞かせながら、夢とやらを追いかけたり、労働に邁進したりする。そうして勝手に体を壊し、挙句に死んでいくのだ。

猫の方がどれほど賢いか分からない。本能で動きつつ、ここぞという時は知性と理性で物事に対処する。「生きる」という行動原理が根底にあるから、つまらない矜持など持ち合わせる余地もない。

現実はとても冷ややかで、理想主義者に甘くない。

己の経験と本能は、しっかりと己自身にそう警告をするのである。

そう。己は、本能に従う。人間と嫌々ながら関わるのも、自分が生きるという根源的な欲求故だ。連中の決めたルールに己が従う謂《いわ》れなど、あろうはずがない。

だから、既にチリチリと日差しが照りつける住宅街を、己は自分の直感に従い、そして気まぐれに歩いた——そう、歩いたはずだった。

けれど何故か、体が何処かへ吸い寄せられるように動く。

喉も渇き、腹も減っている。しかしスズメやら虫やらをとっ捕まえて腹を満たそうと思うよりも先に、己の足が動いた。己の意志とは無関係に、道をスイスイと進み、曲がり、坂を上り、階段を降り、まるで見知った道を進むように、己は歩き続ける。まるで、何かに導かれるように。

……そうして己は、或る店の前で足を止めた。

今時珍しい、個人経営の古書店である。

やっと少し広くなった道に面しており、木造の外観もかなりガタが来ていた。住宅地に突然現れるその店は、左隣と向かいが空き地になっている所為《せい》もあり、そこだけ時代から取り残され、孤立しているように見える。だが同時に、そんな寂《さび》れた様子が土地柄に馴染んでいる風にも見えた。

あの男の時代には当たり前のようにあった、雑然と本が棚に収められ、人一人がようやく通れる隙間が確保されているだけの、紙の匂いが充満した古書店だ。日除けの庇《ひさし》と、昭和ガラスの嵌められた建て付けの悪い引き戸の入り口が少し新しい。昔にそこだけ新調して、そのまま古びていったのだろう。

よくあの男は、こんな店の匂いを着物から漂わせて帰ってきた。気難しい顔で、面白くなさそうな本をつまらなそうに、しかし熱心に読んでいたのを思い出す。まあ時に、本の上に涎《よだれ》を垂らして眠りこけることもあったが。

――そんな男とは似ても似つかない背格好なのに、何処か似通った雰囲気を纏《まと》う、奇妙な女が店先に居た。

色褪せたジーンズにシャツという野暮ったい格好にサンダルをつっかけ、店の脇に生えた樹から散った葉を箒《ほうき》で払っていた。目付きが悪く、猫背気味で、適当に長髪を後ろに束ねている。年の頃は、三十半ばというところだろうか。チェーンを引っ掛けた眼鏡を首から下げており、チェーンの装飾には枡《ます》のチャームがある。実に頓痴気《とんちき》な身なりだ。

現代の女は田舎町でももう少しシャンとしているぞ、と物申してやりたくなったが、思えばわざわざ女の容姿について己が口を出す謂れはない。取るに足らない、愛想の悪そうな女だ。構ってやる必要など何処にあろう。

だというのに、何故か己はその店の前で、その女のすぐ傍で、足を止めてそいつをじっと見上げていた。

視線を感じたのか、女は己に目を向けた。睨《にら》むような目付きだったが、箒を動かす手を止めて、気取ったように微笑み、声を掛けてくる。

その第一声は、とても奇妙なものだった。

「思ったより、早かったね」

何だ、こいつは。

猫が好きだからと、一方的に話し掛けてくる人間は数多い。はた迷惑で自分勝手な押し付けの好意を向けられても、己には迷惑でしかなかった。

だが、こいつの言葉はそうした類《たぐい》とまるで違う。飄々とした態度を崩さず、女は体を己の方へ向けて、重ねてこう問うたのだ。

「おチビさん、名前は？」

まともな人間なら、まずしない質問だ。猫の答えなど、鳴き声以外に期待しないからだ。人に伝えられる言葉など、生憎《あいにく》、己達は持ち合わせていない。答えられるはずがない。

けれどこの女は正面を向き、己を見下ろし、答えを待っている。

返事を期待しない一方的な問い掛けではなかった。女は真っ直ぐに己の顔を見て、微動だにしない。明らかに、己が答える言葉を待っていた。

ようやく体が動く。急いで踵《きびす》を返し、近くの家の塀に跳び上がり、薄暗い家と家の間の陰に紛れ、必死に女から逃げた。

女は、追ってこなかった。

二

一抹《いちまつ》の恐怖さえ覚える奇妙な邂逅《かいこう》は、まるでそれが幻だったかのように、急速に現実感が失せていく。八つの命を生きた己でも、あんな女は……もとい、あんな人間は初めてだ。本当に夢幻《ゆめまぼろし》だったのかも知れない。

非現実的な体験が早くも記憶から消え去りそうになるが、その度にあの女の顔、そして表情が脳裏に蘇《よみがえ》り、離れてくれない。

何だったんだ、あれは。

混乱する頭を落ち着かせながら、己は人気《ひとけ》の無い住宅地の、家庭菜園をやってるらしい物置小屋の傍で、日当たりのいい場所を選び、丸まって眠る。黒い体毛には、朝の弱い陽光でも十分に暖かく、心は微睡みの中で徐々に平静を取り戻していった。

だが、太陽が真上に昇りきらない内に、己の平穏な時間は妨げられてしまった。

「お前か、逃げた奴は」

低い、雌猫《めすねこ》の声だった。己は無視をして、じっと目を瞑《つむ》ったまま寝たふりをする。内心、安眠を妨害され立腹してはいたが、妙な奴に絡まれることの面倒臭さが先に立つ。無闇に喧嘩を売るほど、己も幼くない。

だがその雌猫は、一度無視をされたにも拘わらず、何度も己に呼び掛けた。

「聞いているのか。おい、おい……起きろ、小僧」

小僧呼ばわりには、流石にカチンと来る。肉体的な意味では違いないが、『九つめ』の己と対等に張り合える奴がそう易々《やすやす》と居て堪るものか。己は片目を開け、丸まった姿勢のまま、己を見下ろす成猫の顔を見る。

そいつは、茶白の雌だった。悠然とした態度で己を見下ろし、挑むような目付きをしている。今の己の体よりもずっと大きく、五歳は間違いなく越えているだろう。喧嘩になったら、造作もなく捻《ひね》り潰《つぶ》されるに違いあるまい。

しかし、己からすればこいつの方が若造である。己は再び目を閉じ、ゴロリと背中を向けてやった。相手も少し苛立《いらだ》っていると見え、やや口調を荒らげて続けた。

「エリカに免じて噛みつくのは止めてやるが、年上への敬意を忘れたお前の態度は、早々に改めろ。虫唾《むしず》が走るわ」

エリカとやらが誰なのか知らないし、相手に敬意を払うという価値観も無くした己に、この茶白の声は響かない。己は前脚の毛繕いなどを始めて、こいつの言葉はただ何となく聞き流していた。

茶白は、先程よりも語気を鎮め、落ち着きをやや取り戻した声で……いや、呆れ果てた風に言う。

「まあいずれ、お前も北斗堂《ほくとどう》に来るよ」

そのまま、すたすたと茶白は帰っていく。

何だったんだ。


飯は、主に虫だった。バリバリと嚙み砕く歯応えは、神社の裏手の森で食べたそれと殆ど変わりない。だが数が圧倒的に少なく、これから徐々に寒くなるこの季節、脂肪を蓄えるには苦労すると思われた。

飲み水も問題だ。あの田舎ならばちょっと歩けば川があり、農業用水があった。だが、住宅地には手軽に飲める水が流れる場所が無い。仕方なく、雨樋《あまどい》から落ちて溜まった水を舐めたり、やっと見付けた開渠《かいきょ》を流れる心許ない水を飲むなどした。が、後者に至っては妙な味がした。

寒さから逃げる為に街に出たつもりであるが、どうにも過ごしづらい。人が自然と共に生きることを選んだ田舎ではなく、自分達に合わせて環境の方を作り変えてしまった都市部で猫が生きるのは、大変な苦労を伴うものなのだと、改めて思い知らされた。

今まで己は、どうやって冬を過ごしていただろうか。思い返せば、憎まれ口を叩きながらも人間の傍で生活し、連中の持つ何かしらを利用して生き抜いてきたように思う。同時に、己の死因の多くに人間が関わっているのも事実だ。誠に遺憾である。そして非常に癪《しゃく》であった。

最早《もはや》広く地上の土地が人の物となってしまった現代において、或る程度は人間に媚《こ》びなければ満足に生きられないのは紛れもない事実だ。だがそれに気付いても尚《なお》、愛想を振り撒きニャアと鳴き、飯をねだる真似だけは御免である。連中の捨てた残飯を漁って空腹を満たすことでようやく、己は「自分で飯にありついた」という尊厳を守るのである。

……だというのに、己は再び、あの古本屋の近くに足を運んでいた。

奇妙な女が放っていた雰囲気や態度が、今でもはっきりと思い出される。馴れ馴れしい態度。何もかも見透かしたような口調。己に構おうとしているくせに、飄々とした柳のような摑みどころのなさ。

そんなあいつの何もかもがいけ好かなくて、信頼が置けないというのに、何故こうして足を向けてしまうのだろうか。

昼過ぎ頃、店の向かいの空き地に不法投棄された廃車の下に身を潜め、じっとその古本屋を観察した。

あの茶白が『北斗堂』と言ったのは、この古本屋の屋号だった。明朝体の活字で書かれた色気の無い看板は、仰々しい面構えをしているくせに、錆《さび》や色褪せた黒文字の所為で客寄せの仕事を放棄しているかの如く存在感を無くしている。寧《むし》ろ店頭に出され、チョークで書かれた洒落《しゃれ》っ気のある黒看板の方が、場違いな雰囲気を出している分、人目を引いた。

それを除けば、あとはオンボロなだけでどうということのない普通の古本屋だ。あの男と同様、気難しい連中が好きそうな日焼けした本もあれば、ここ十年程度で出版されたと思《おぼ》しき本もある。店内の様子は、本が所狭しと並べられている昔ながらの古本屋の姿そのままである。そして当然のように、客は居ない。

居るのは、猫である。

店先と店内に、合計で四匹。先日の茶白、三毛、茶トラ、そして白黒のハチワレだ。店の前の道でだらりと寝転がっていたり、店番のように門前でちょこんと座っていたり、中には店内の本の上に乗り体を丸めて寝ている奴まで居る。どいつもこいつも好き勝手に、思うままに生活しているらしい。

連中を傍目《はため》に見て、己は全く呆れてしまった。連中は、己が嫌うタイプの『飼われ』だった。与えられた餌を貪《むさぼ》り、怠惰に一日を過ごし、人間のいいように生き方を変えて従い、媚び諂《へつら》う。しかも、人はそれを無条件に愛《め》でる。

全く、救い難い愚か者ばかりではないか。

目の前に出される餌で満足し、生き抜くということが何かを忘れてしまった連中だ。己を捨てた、母や姉兄と同じように。

あの女店主が、饅頭《まんじゅう》を頰張りながらサンダルを突っ掛け、表に出てきた。水の入った一リットルペットボトルを抱えている。それを、黒看板の傍らに置いた水皿に足していた。猫達が飲む為の水らしいが、誰もそれに手を付けない。

何をしているんだ、あの女。馬鹿か。

意図を摑めぬままぼんやり女を見ていると、店の前に鎮座している茶白に向かって「お客さん、来そう?」と当然のように話し掛ける。茶白はそれを一瞥《いちべつ》し、尻尾をぱたぱたと動かしながら、通りの先をじっと観察している。女も気にする様子は見せず、そのまま店内へ戻っていった。

本当に、よく分からない連中だ。

呆れながら、己は土草の匂いと鉄錆の臭いが入り混じる廃車の下で、眠りに就く。

夢を見た。過去——『一つめ』の命を得た時代の記憶である。

己の一生は、初めに産まれた時から苦難の連続であった。

人の言う、天明《てんめい》年間の時だった。この頃、悪天候や冷害が続いたかと思えば、異様な暖冬を経て、全くの水不足に陥った年がある。

農民共は年貢も納められなくなった。ましてや自分達が食う粟《あわ》も稗《ひえ》も無い。そんな酷い年に、何故母は己を産んだのか。いや、親の都合に愚痴を言っても仕方がないし、母も答えられまい。だがそんな悪態をつかずにはいられないほど、その年の飢饉は深刻だった。

草や水の香りよりも、土の味ばかりを覚えている。母は早々に死に、己と兄達はその肉を食って腹を満たした。しかし力の弱い末弟《まってい》である己の食える肉は、少なかった。

野良である己達をも愛玩《あいがん》し、時に世話を焼く人間のことは、当時まだ憎からず思うこともあった。そんな連中が腹を空かせ、肋骨を浮かせ、落ち窪んだ目を所在《しょざい》なく泳がせて倒れていくのを見て、哀れに思うこともあった。

しかし、己はようやっと食い繋ぐのに精一杯で、それ以上に連中を気の毒に思う余裕も無く、ただひもじさばかりが募った。

一匹、また一匹と兄達が死んでいき、最後に己だけが残った春のこと。

一切の食うものが無くなり、人間達は己らと同等の獣に成り下がった。共食いを始めたのである。中には、捌《さば》いた人肉に草を混ぜて犬の肉として売るなどという商魂逞《たくま》しい屑も居たというが、己にとってはそのまま共食いを続けてくれた方がありがたかった。

何せ碌に立ち上がれず、起き上がれぬまま、茣蓙《ござ》の藺草《いぐさ》まで噛んで空腹を紛らわせるような有り様だった連中が、まだ動く気力のある己が目の前に現れた刹那、目を爛々と輝かせて活力を取り戻す。そして必死の形相《ぎょうそう》で追い縋《すが》り、叫ぶのだ。「肉が歩いているぞ」と——これが、恐怖でなくて何だというのだ。

あの時、食うものを何も見付けられず、守ってくれる兄も居なくなって、うっかり人里近くまで下りてしまったのが間違いだった。

まだ辛うじて足腰の立つ老人が、杖を突きながら乾いた土の上をヨタヨタと歩いていた。奴は、目の前に飛び出してきた己を見て一挙に気力を取り戻したように跳ね、飛び掛かり、落ちていた石を握り締めて一打ちの下に己を殺したのである。

今でも思い出す。あの時代を生きた時のひもじさ、喉の渇き、恐怖。どれを取っても、その凄惨さは一朝一夕で語り尽くせるものではない。

ただ、苦しかったあの時代を、己は決して忘れられない。

それが、猫として生きた最初の一生だった。


思い出したくない記憶が恐怖と共に蘇り、己は夢から目を覚ます。体が震え、毛を逆立てて困惑していた。今更、あんな昔の時代を思い出すとは。今もひもじい思いをしているが、あの時ほどではないというのに。

まったく、どれだけ己は心を惑わせているのだろう。自嘲しながら、寝ぼけ眼《まなこ》で再び北斗堂を見る。

雨が降っている。ザアザアとアスファルトに叩き付けられる雨粒は、廃車の下で眠る己の体を濡らさんばかりに跳ね上がっていた。また、許容量を超えた水溜まりがチョロチョロと、こちらの方へと流れてきそうだ。体が濡れるのが嫌で、己は小さな体を一層縮こまらせた。

北斗堂は、店先の庇の長さを調整し、雨をどうにか避けていた。黒看板は仕舞われ、猫共も皆、屋内に逃げたと見える。豪雨の中、『営業中』の下げ札ばかりが虚しく揺れている。

雨の古本屋というのも、ご苦労なことだ。馬鹿にして、己は再び眠りに就こうとした。

が、店の中から店主が現れたので、少し観察することにする。

女は庇の下から空を見上げ、その威勢の良い雨の勢いに何故か感嘆の声を上げていた。暇なのか？　年齢にそぐわぬ餓鬼《がき》っぽいところが、益々気に食わない。

と、女の手に先程のペットボトルがあることに気付いた。屋外に飼い猫は誰も出ていないのに、女はその水を再び、庇の下へと避難させた水皿へ注ぐ。

そうして顔を上げて見回し、笑みを浮かべ、雨音に負けじと叫んだ。

「いつでも来ていいからねー」

そう言って、女は店の中へと姿を消した。

己は、女の言葉の意味をしばし考える。

そして、その意味を理解した瞬間、言葉を失った。

——あいつは、己に呼び掛けたのだ。

己がまたここに来ると確信し、飲み水を用意しているのだ。

仔猫の己が自分の親切を受け入れるものだと、その確信を持って揺るがない。嘗ての己が、まだ人間を信じていた頃のように。

目を丸くして、己はしばらく北斗堂を見ていた。雨空の薄暗い店の奥で、女はカウンターに座り、商品の一冊を手に取って読み耽《ふけ》っている。それを見守るように、三毛がカウンターに座っている。

まるで、何かの物語を読み聞かせているように。

混乱する己は、ただ車の下からそれを眺めていた。

その後も数日、北斗堂を観察して分かったことがある。

まず、完全に閑古鳥《かんこどり》の鳴いている古本屋ではない。日に数人程度は客がやってきて、何かしらを買っていく。頻繁に出入りする小娘は何も買っていないようだが、あいつは何をしにやってくるのだろう。

そして本が色々売れていく割に、女は商品の仕入れをしていない。何故本の品が切れぬのか不思議でならぬが、どんな奇術を使っているのやら、日がな一日、店番をしたり私用の買い物に出掛けたりしているばかりである。

何を面白いことがあって生きているのだろうと、ほとほと呆れる。

しかし猫に囲まれて暮らしているその様子は、馬鹿げて見えるくらいに幸福そうだった。

仔細《しさい》は聞き取れぬが、女は頻繁に猫達と「会話」をしているようだ。よく猫好きの人間がやるような、一方的な話し掛けではなく、答えが返ってくることを前提とした話し方をする。

「ねえ、今日は雨降るかな」

「君らのご飯無くなりそうなんだけど、たまには違うのがいい？」

「え、お腹空いた？　外で虫でも食べてきてよ」

「それ取ってくれない？　それ、大佛次郎《おさらぎじろう》の……チェッ」

全く、馬鹿げているとしか言いようがない。

猫共は、それを受け入れているのかどうか分からぬ。だが、女の言うことを聞いて動く確率は五分五分というところだろうか。

普段、猫が人間の言うことに素直に従う確率は一割にも満たぬので、これは猫としてはかなりあの女に従順であると見て構わないだろう。最早、猫の気まぐれという言葉では済まされない程、連中はあの女に心を許している。

あの女は、何者なのか。そして猫を集めるあの本屋は一体どんな場所なのか。

徐々に警戒は、好奇心へと変わり始める。人とは決して関わるものかと決めていたはずの心は、ゆっくりと揺らぎ始めている。

そんな己自身を、嫌悪した。


秋雨の時期になると、一気に気温が下がり始める。己の体毛は冬に備えたものへと変化し始めているが、寒いことに変わりはない。徐々に、廃車の下とはいえ吹き晒《さら》しの屋外で生きるには少し厳しくなってきた。森の神社の縁の下に比べれば、今居る場所は余程暖かいだろう。が、そろそろ限界かもしれぬ。

日中は、北斗堂から離れた公園のベンチで丸まって眠ることが多くなった。時々やってくる母子に構われる程度ならば我慢して撫でられもしてやる。そんな煩《わずら》わしさを除けば、ここもそれなりに快適でさえある。冬への不安は依然募っていたが。

そんな己に、猫の声が掛かった。

「いつまで意地を張ってるんだい？」

また、雌猫の声だった。だがあの茶白の声ではない。ちら、と片目を開けると、ベンチの上に三毛猫が一匹、鎮座して己を見下ろしている。北斗堂に居た三毛猫だった。よく見ると、変な座り方をしている。どうやら右の後ろ脚が悪いらしい。傍目には間抜けな座り方だが、それを微塵《みじん》も恥じず、三毛は悠然としている。しかしあの茶白と違い、声には微妙に労《いた》わりが感じられた。

何にせよ、己の知ったことではない。尚も無視をして再び眠ろうとすると、威嚇するように鳴きやがる。

「可愛げのない仔猫だね、お前は」

こいつも、己を餓鬼扱いしやがるのか。あの茶白の生意気な態度を思い出し、己はゆっくりと頭を上げ、久方ぶりに声を出した。

「お前といいあの茶白といい、いい加減にしろ。小僧だ仔猫だと。己は『九つめ』だぞ」

「おや、口が利けたのかい」

気風《きっぷ》のいいメスだった。姉御肌《あねごはだ》と言えば聞こえはいいが、やはり己を見下す態度は好きになれない。三毛は尚も続けた。

「私は『七つめ』だけど、あんたと違ってそれを鼻に掛けるつもりはないよ。あの魔女のところで生活してたらね、自分が幾つめだとか、そんなことは気にならなくなるのさ。些細《ささい》な問題さね」

「ふん。猫としての誇りも無いのか。つまらん奴だ……」

と、言い返してから気付く。

今、あの女のことを魔女と言ったか？　本気なのか、この雌猫。

言葉の意味を探ろうと悩んでいる内に、三毛はのんびりと立ち上がると、右脚を庇《かば》うような動きでベンチから飛び降り、茂みの方へゆっくりと戻っていく。去り際、己に向かって呆れるように吐き捨てた。

「強がりもいいけどね。どうせ『最後』なら、居心地のいい場所で死んでみたらどうだい。あの魔女の店は、悪くないよ」

「魔女だ居心地がいいだと、一体お前ら、どうしちまったんだ。反吐《へど》が出るわ」

「来れば分かるさ。お前みたいな偏屈な奴こそ来るべきだと思うよ。あの人の前でなら、猫を、、被る必要なんてないからね。あそこはありのままを曝《さら》け出せる、気楽な場所だからさ――」

そう言って、今度こそ三毛は茂みの中へと消えていった。

己は、僅かながらに混乱していた。

猫とは、本来大きな群れを作らないものである。人間に多頭飼いされているならいざ知らず、家族でもなければ基本的には他の猫には無関心であるはずなのだ。なのに何故、あの北斗堂とやらに住まう猫共は、こうも己に構うのだろうか。

まるで、共に生きることが当然であるかのようだ。

皆目見当のつかないその現象と態度に戸惑いながら、結局己はその日ベンチから動けず、日が暮れるまで、茫漠《ぼうばく》と思い悩んでいた。

それから数日経った、或る日のことである。色付いて落ちた葉の群れを、秋の冷たい風がガサガサと這わせながら攫《さら》っていく。乾き切った葉が何枚か、車体の下で休む己の体を掠《かす》めては抜けていく日々が続いていた。

その日の夕方から突如降り始めた大雨は、しばらく地面を海のようにしてから、突然に止んだ。湿ったアスファルトと濡れた落ち葉が醸《かも》す奇妙な匂いが、廃車の下で寝転がる己の鼻をくすぐってくる。

陽の落ちるのも、北斗堂の店先の街灯が点《とも》る時間も早くなった。夕刻の影が濃く家々の壁を塗り潰し、西の地平から橙色《だいだいいろ》の空が広がっている。

そんな日暮れの迫った時間、近隣が騒がしくなった。人が住宅地を駆け回る気配がする。騒々しいと思いながらも、己は特段その物音に関心を払うでもなく、雨音の止んだ廃車下の空間で引き続き眠ろうとした、その時である。

乾き切らないアスファルトの水溜まりを蹴りながら駆ける足音が近付き、北斗堂の前で止まる。己はぴょこりと耳だけをその方へ向けたが、知らぬふりをしようとした。が、足音の主らしい女の姦《かしま》しい声に苛立ち、何事かと静かに目を開ける。

「あ、あの！　娘が来ていませんか！」

エプロンをしたままの中年女が、恐怖と不安のないまぜになった顔でやってきて、店の前で叫び、店主を呼んだ。カウンターで本を広げていた店主は丸眼鏡を外し、チェーンで胸元にそれをぶら下げたまま、本から顔を上げる。

「マドカちゃんですか？　今日はまだ来てないですね。どうしました？」

「家に戻ってなくて……あの、心当たりは」

「また本を読んでいるなら、学校や駅前の図書館とか」

「連絡はしたんですが、居ないって。携帯も今日に限って忘れていったから、場所が全然分からないんです」

「ああ、では私も手伝いましょう。警察も、まだちゃんと動いてはくれないでしょうし」

「ありがとうございます！　助かります……！」

しきりに頭を下げて礼を言い、女は来た道を再び戻っていった。

しかし、手伝うと言った店主は腰を上げるでもなく、ただのんびりと両腕を真上に伸ばしてストレッチなど始めやがった。そしてパンパンと手を叩きながら、「集合ー」と気の抜けた声を出す。

何をするつもりだと思ったら、なんとその声に応じて、店に居る四匹の猫がゾロゾロと女の前に集まっていくではないか。己は困惑し、目を丸くしてその様子を観察する。

よっこいしょ、と腰を上げた店主は、集まった猫達に向かって簡単に指示を出した。

「マドカちゃんがまだ家に戻っていないらしいから、手分けして、急いで捜して。見付けたら教えて」

ニャア、と猫共は各々が一声鳴いて、店から出て行き散り散りになる。女も、サンダルを突っ掛けて店を開けたまま、マドカという娘を捜しにいってしまった。

——己は、自分の見ている光景が信じられなかった。

あの女は、猫と意思疎通が出来るのか？

そして、何故あいつらはそれに従うのだ？

猫が、易々と人間の言うことを聞き入れるなど、そんな愚かしいことがあって堪るか。己はその場から動かず、がらんどうになった店をじっと睨み続ける。

疑問、困惑、不信——そして、己の中に潜む嘗ての記憶の数々。

信じてやるものか、人間など。

頭《かぶり》を振って、全てを忘れてまた眠ろうとする。が、そんな己の目の前に、あの三毛猫がやってきた。廃車の下を覗き込むようにして、自分の足が水溜まりで濡れるのも構わず、己をじっと見つめてくる。

「あなた、いつまでそうしてるつもり？」

また同じことを言う。呆れた風な口調である。大きなお世話だ、と一蹴してやりたかったが、何故か言葉は出なかった。

押し黙った己に、あなたのことはどうでもいいけど、と前置きしてから、三毛猫は続ける。

「いつも店に来てる、小学生の女の子。知ってるでしょう？　あの子がね、まだ家に帰っていないって。あなたも捜して頂戴よ」

「己が？　わざわざ？　ハ。善意の強制とは、人間のようだな」

ついそんな言葉が口を衝《つ》いて出る。

勝手に飯を与えて自己満足を得ようとする人間と、本質的に変わりない。自分の欲求を満たす為の行動など、己から言わせれば全て断ずべきである。その身勝手さの所為で、己は何度も命を落としてきたのだ。そんな連中がどうなろうと、己の知ったことではない。

しかし、三毛猫はそうは思わないらしい。それどころか、己の言葉に腹を立てたのか、シャー、と威嚇の鳴き声を上げて車体の隙間から前脚を伸ばし、拳を頭に叩き込んで来やがった。

廃車の下、狭い空間で己は素早く体を起こし、目の前の雌に構えて唸《うな》って見せる。だが仔猫の体軀《たいく》ではどうにも迫力が無い。

そんな己を侮蔑するような声音《こわね》で、そして毅然とした態度で、三毛は断言した。

「斜《しゃ》に構えて、距離を取って、偉そうに。自分だけは違うと思ってるお前こそ、お前の軽蔑する人間と同じじゃあないか」

「ほざけ。連中が己らと同等なものかよ。どいつもこいつも、どうせ土壇場で己らを見捨てるんだ」

言い捨てて一層三毛から距離を取り、地面に寝そべる。引き続き不貞寝《ふてね》をしようとするが、そんな己に向かって、三毛は今度は落ち着き払った声で話し掛けた。

「可哀想に。大切にされずに生きてきたのだね——やっぱりお前は、魔女と共に生活するといい。お前みたいな奴こそ、あの人が必要だ」

「やかましい。腑《ふ》抜《ぬ》けた貴様らに掛けられる同情など、沢山だ」

「そうかい。なら折角《せっかく》の最後の命、今際《いまわ》の際《きわ》まで孤独に生きな……ところでお前、これまでの八つの命の中で、子供を持ったことはあるかい」

突然問われて、己は今まで出会った雌猫との思い出を幾つか想起する。だが、思い出すだけだ。雄は基本的に、子供に無関心である。産まれた子を可愛いと思ったこともなければ、育てたいと思ったこともない。素直にそう答えると、三毛は蔑視するでもなく、ただ淡々と口にする。

「雄猫はそうだろうね。でも母親ってのはね、子供が一匹でも姿を見せなくなったら、とてもとても苦しくなるもんさ」

何が言いたいのだ。そう切り返そうとしたが、言うだけ言って、三毛は右後ろ脚を庇いながらとっとと去ってしまった。マドカとやらを捜しに行くのだろう。

己は、くだらねえ、と思いながらやっと静かになった空き地の隅で、また眠ろうとした。

だが、三毛の言葉が妙に頭の中で繰り返される。

――可哀想に。

――お前みたいな奴こそ、あの人が必要だ。

一体、何なのだ。どいつもこいつも。

あの男は、己に過干渉などしなかった。放任し、己の好きにさせてくれた。ありのままであることを認めてくれたというのに。

あの古本屋の猫共は、平然と縄張りを踏み越えて、構おうとしてきやがる。

そんなにも、誰かに寄り添うことが大切なのか。

――とてもとても苦しくなるもんさ。

胸の痛みを感じたことはない、と言えば嘘になる。苦しい思い出など、幾らでもあった。だからこそ――もう苦しみたくないから、最初から思い出など持ちたくないと、誰も彼もを避けていたというのに。

心が掻き乱されるあの感覚を覚えながら、己は躊躇《ためら》いがちに立ち上がり、空き地を後にする。どうにもムシャクシャして仕方がない。己は、心の中で響くあの三毛猫の声を払拭《ふっしょく》し、そしてあいつらに思い知らせる為、空き地を後にする。

別にあの餓鬼がどうなろうと、知ったことではない。だが、見付からなければその分、あの場所が騒々しくなる。己の数少ないねぐらで落ち着けなくなるではないか。

クソッタレ。己は塀の上に飛び乗り、街の方へと向かった。


店を拠点に定住しているあの飼い猫共より、己の方が行動範囲は広い。この街にやってきて日は浅いが、餌を求めて歩く距離はちょっとしたものだ。

あの男と過ごした日々を思い返すことが多い己は、ここ一週間、紙の匂いが集まる場所をよく回っていた。図書館や学校の近辺も、時々散策している。

車や自転車に轢《ひ》かれぬよう、塀の上や屋根を伝ってトコトコと近くの小学校までやってきたが、正門の閉められたそこに人の気配は無い。校舎のところどころに、教員が残っていると思われる明かりが残るばかりである。

しばし観察していると、校舎のあちこちで電気がついたり消えたりしている。恐らく、居なくなったマドカという児童を学校中探し回っているのだろう。もしここで見付かるなら、己がここに居る意味はない。見付からないなら、別の場所を捜すべきだろう。そう考え、己はくるりと学校に背を向けた。

マドカという娘は、北斗堂に足繁く通っていた。小学一年生から古本屋に出入りする娘だ。余程の書癡《しょち》に違いあるまい。街の図書館以外で山のような本に溢れた場所を発見し、入学してからの半年で、本の虫になっていたことだろう。

更に言えば、今日は夕方に突然の豪雨があった。下校時刻とも重なる時間帯だ。友達と一緒に帰らず、帰宅途中で雨に降られたとあれば……子供が咄嗟に逃げ込む場所は限られる。

そして、小学校から駅前の市立図書館まではそう離れていない。娘が真っ直ぐ通学路で家に戻らなかったとすれば、北斗堂とは反対方向にある図書館に寄り道している可能性もある。その道中で雨に降られたとすれば。

己は尻尾を振り振り、優雅に家の裏手や細道、側溝の中を通って、暗くなっていく街を自由自在に悠然と歩く。学校から図書館へ続く道を、塀から塀へ、物陰から物陰へと飛び移り、車に注意して道を横断し、猫にとってはなかなか大層な距離を歩き、図書館方面へ向かう。そうしてから途中、一本脇道へ逸れ、川沿いにあるお目当ての場所を目指す。

時間は掛かったが、完全に陽が落ち切る前に公園に到着した。

小学校からは大分離れ、隣の小学校の学区にまで入りそうな場所である。地面は土砂降りの雨でぬかるみ、歩き心地は最悪だ。砂場もブランコも、遊べたものではないだろう。だが、滑り台は別だ。立体迷路のある大きな木製滑り台は特に人気があり、休日は子供が集まってギャアギャアとうるさく騒いでいる。薄暗くなったこの時間にまだ遊んでいる奴は流石に居ないが、近くに設置された街灯の白い明かりもあり、雨宿りついでに本を読むには絶好の場所だろう。

推測通り、あの娘が居た。

滑り台の順番を待つフロアの真下、薄暗い場所で熱心に児童向け文庫小説を読み耽っている。肩口まで伸ばした髪が横顔を隠しているが、街灯の明かりが近いこともあって本を読むこと自体に支障は無いらしい。辺《あた》りはもうそろそろ陽も完全に落ちようかという暗さなのに、少女には些細な問題であるようだ。

北斗堂の飼い猫共の行動範囲では、この場所まで分かるまい。この娘は、己しか見付けられぬのだ。そんな優越感に浸り、少し得意になる。己を見下したあの婆猫《ババア》も思い知るだろう。

悠然と己は娘に近付き、ニャア、と一声鳴いてやる。が、こんなにも愛らしい見た目をした己に、小娘は全く興味を示さず本に集中していやがる。少し苛立たしくなって、大きめの声で、先程より長く鳴いた。と、ようやく娘が顔を上げる。

ぷっくらした頰に、大きな目。紺色《こんいろ》のワンピースにカーディガンを羽織った、可愛らしい娘だった。驚いたように目を見開き、そして微笑みながら己に手を伸ばしてくる。

おっと、気安く撫でさせてやるものか。己は身を躱《かわ》し、街灯がスポットライトのように照らす明かりの下に出る。娘は分かりやすく残念そうな顔をしてみせるが、周囲が暗くなっていることにようやく気付いたのか、ハッとして辺りを見回した。そして大急ぎでランドセルに本を仕舞い、滑り台から飛び出していく。

おい待てよ、お前が先に帰ってしまったら、己の手柄を見せられなくなるじゃないか。猫の苦労も知らないで、全く。

己は走って娘の後を追い、すぐに追い越してから歩調を合わせてやる。夜道で己の黒い体は見えにくいだろうから、馬鹿馬鹿しいとは思いつつ、時折振り返ってニャアと鳴いてやる。マドカは不思議がりながらも、素直に己に付いてきた。よし、よし。

それにしてもこの娘、己が適当な道を進んでいるとしても、素直に付いてきたのだろうか。疑うことを知らぬようだ。純朴な奴め。

しばらくするとすっかり見知った住宅地に戻り、足取りは軽くなる……はずなのだが、娘の歩調は徐々に遅くなり、己から離れ始める。やがて娘は、しばらくして足を止めてしまった。住宅地に灯る街灯の明かりの下で立ち止まり、ポロポロと涙をこぼしては、汚れた袖でそれを拭く。その動作で精一杯なのか、その場から一歩も動こうとしなかった。

帰りたいのか帰りたくないのか、ハッキリして欲しい。どんくさい奴だ。己は呆れ、踵を返し、自動販売機の前で立ち止まっている娘のところまで引き返す。白い電光に照らされる幼い少女は、しゃくり上げながら呟く。

「おかあさん、おこってるかな」

己に向かって震える声で、返事を求めない問い掛けをする。

知るかよ。怒ってれば叱られるだろうし、大事にされてればお涙頂戴で終わる。何にせよ、この程度で今後の人生が変わってしまうなんてことはないから、泣くだけ無駄だ。

そう教えてやれるわけもないし、言葉が通じたとしても教えてやるのが面倒だ。早くしろよ、という意味を込めて、不服ながらまたも「ニャア」と鳴いてやる。鼻を啜《すす》って、小娘はコクリと小さく頷いた。

「うん、わかった……おかあさんに、あやまる」

何が分かっただ、阿呆《あほう》。何も言ってねえわ。

やはり、餓鬼は面倒だ。己の手を煩わせ、身勝手に振る舞い、相手のことを思いやって動こうなどとしやしない。その我儘《わがまま》が己を傷つけ、害してきた。子供になど、関わらないに限るではないか。

だが、何故かこいつのことは見捨てられなかった。

尚も泣き続けるマドカを見つめながらその理由を自問してみて、ややあって、答えらしきものに思い至る。

あの薄暗い街灯の下で、熱心に本を読み耽るあの仕草。文学とやらに没頭し、それ以外の全てを擲《なげう》ってもいいと考えているのではないかと思わせるその姿。夢中になって文字を追い、誰かの作り出した妄想に夢を見て憧れを抱く、熱い眼差し。

それはどうしようもなく、己を家に迎えたあの癇癪持ちの姿を想起させるのだ。

悪態と愚痴を零《こぼ》しながら文学で身を立てた、あの男の姿を。

まあ、今目の前に居る娘は、あの男とは似ても似つかない。どう見てもこの娘は、見ず知らずの黒い仔猫が案内《あない》するのを無条件に信頼して付いてくるほどの、世間知らずだ。

――まるで、親を信じて必死に付いて歩く、産まれたての仔猫のように。

三毛猫の言葉が再び頭の中で木霊《こだま》しそうになって、己はブルルッ、と頭を振り、それを追い出す。そうして、再び歩道を歩き始めた。小娘も歩き出し、すっかり暗くなった夜道を、今度はゆっくりと進んだ。

時間帯もあり、己達とすれ違う大人は滅多に居ない。居ても、黒猫の後ろを付いて歩く少女を奇異の目で見送るだけで、その足を止めることはしない。

ああ、この娘の面倒を見てやれるのは今、己だけなのだ。

そう考えると、何故だか不思議と温かい心持ちがした。


すっかり日も暮れたが、娘は自分の家が近付くにつれて自然と己より先を歩き、やがて家の門が見える道に差し掛かった。一軒家の一階からは明かりが漏れており、家族の慌てているらしい声が微かに聞こえる。

そこからはもう、己の案内など必要なかった。それまで引っ付くように己と共に歩いていた小娘は、己のことなど忘れたように走り出し、玄関へと向かっていった。

やっとお役御免である。己は少し引き返して近くの家の塀に飛び上がり、足を止めて小娘の様子を観察する。娘は勢いよく玄関のドアを開け、「ただいまー！」と甲高い声で叫び、ドアは閉められた。

その後、家の中でどんなやり取りが交わされたかは知らない。閉まった一軒家のドアは重く、もし説教や口論になっていたとしても、その仔細を己が知ることは叶《かな》わない。

ともあれ、そのあたりは知ったことではない。これで平穏が訪れる。己が望むのはそれだけである。ようやく今日も、冷たい風の入り込む廃車の下で静かに眠れることだろう。

そんなことを考えながら、三軒先の家の庭に飛び込み、空き地までの最短距離を抜けようとした時だった。

「見付けてくれたんだ」

ギョッとして、声のした方を見る。エアコンの室外機の上で、あの三毛猫が寝転んでいた。

「両親も喜んでいるだろうねぇ」

その澄ました顔が気に入らず、己はざまあみろ、というつもりで高々と宣言してやる。

「おうさ。のんびりと日々を過ごして腑抜けになったお前らと違う。他でもない己が見付けてやったんだぜ。お前らじゃ無理だったろうよ」

悔しいだろう？　そんな思いを込めて、馬鹿にしたように、なるべく陰湿に聞こえるように言ってやった。三毛猫の、悔しさに歪《ゆが》む顔を見たくて、精一杯の声を出した。

なのに。

三毛猫は、今まで聞いた中で一番優しい声で、柔らかい微笑みを湛《たた》えて、「そうだねえ、ありがとう」とだけ言った。

瞬間、己の胸に敗北感が広がる。

己は一体、何をしたかったのだろう。

自分のちっぽけな矜持にしがみつき、醜く卑しく、誰かを貶《おとし》めようと斜に構えて、相手を馬鹿にしていた。あの娘を利用することで。

自分が毛嫌いする種の人間に、己自身がなっていた。目の前の三毛猫が指摘した通りに。

自分の耳と尻尾が力なく萎《しお》れるのを感じる。この時点で己は、目の前の雌猫に敗北を喫してしまったことを自覚する。そしてこいつは、そもそも勝負だの何だのと考えたことさえないのだろう。

そんな己の心の内を見透かしているであろう三毛猫は、しかしそれを見て愉悦に浸ることもなく、脚を引きずりながらもひらりと室外機の上から飛び降り、己に声を掛けた。

「優劣だとか、損得だとか、そんなもの考える必要ないよ。北斗堂に来れば……さあ、どうする？」

「己は……」

「すぐ馴染まなくてもいいさ。ルルも——ああ、あんたを叱った茶白さ。あいつも気難しい方でね。そういう奴も居ていい。そんな場所だから、まずは顔だけでも出すといいよ」

そう言って、三毛はひょこひょこと庭を横切っていく。己は、自分がどうしたいのかも理解出来ないまま、しかし考えるよりも先に自分の脚を動かしていた。

三毛猫は振り返らない。己が後ろを付いてくるのを、疑わずにいる。

まるで、仔猫を連れて歩く母猫のように。


北斗堂のシャッターは下りていた。三毛猫はそれを無視して空き地側からグルリと回り込み、家の裏手へと向かう。建て付けの悪そうな勝手口には、猫用のくぐり戸が設けられていた。三毛猫は特に己に説明もせず、さっさと家に入ってしまう。己は少し躊躇った後、恐る恐るそれをくぐった。

くぐり戸を抜けた先の床には、湿ったタオルが置かれている。汚れた足を拭けということだろうが、己は気にせずそのまま踏みこえた。

入った先は、ダイニングキッチンだった。昭和の文化住宅そのままの間取りと広さで、中央にテーブルと椅子が配置されている。椅子は一脚だけである。その他、食器棚や電気調理器の類は整然と並べられて片付いているのに、洗濯物やエプロン、何故か三つもある置時計などの所為で雑然とした印象を与えた。

そんな台所の床では、既に三匹の猫がガツガツと飯を食っている。飯の皿に出された、カリカリしたアレだ。飯に夢中で、誰も己達の方を見向きもしない。

と、テーブルで飯を食っていたあの女が、己達に気付いて声を掛けた。

「おや、おかえり」

行儀悪く文庫本を左手に持ちながら飯を食っていた。そのくせ本は几帳面に、丁寧に扱う質《たち》のようで、そっと本に栞《しおり》を挟んでから立ち上がる。「ちょっと待ってね」と断りを入れてから、棚から新しく猫用の食器皿を二つ取り出し、カリカリした飯を匙で二回ずつ掬《すく》い、それぞれの皿に盛った。

三匹とは少し離れた場所に二つの皿が並べられる。三毛はその一つにすぐ近付き、勢いよく食らい始めた。

が、己は再び女に対して最大限の警戒をしなければならない羽目になる。

——何故この女は、己の分の食器まで準備していた？

「どうして……」

思わず声が漏れる。独り言のようなものだったが、しかし他でもない、人間の女がその言葉を拾って返事をする。

「来る、って分かっていたからね」

その『返事』に驚き、己は再び体を震わせた。そう言えば茶白の奴がこの女を、魔女と呼んでいたが、まさか本当に猫の言葉が……。

魔女は、ニヤリと笑って続けた。

「ここでどう過ごしてもいい。やりたいことをしていればいいよ。でも気が向いたら、すぐじゃなくてもいいから、君のことを話して欲しいな。なんて呼んだらいいのかとか。あと、真名を付けた人とどんな一生を生きてきたのか、って身の上話もね——」

三

北斗堂の店主こと『魔女』は、北星恵梨香《きたほしえりか》と名乗った。

他人に無関心なようでいて、常に周囲を観察し、話し掛けられれば砕けた調子でふらふらと応じる。まるで柳のような人間であったが、数少ない来店客からの印象はいいらしい。こんな女の何が他人にそう思わせるのか、己には皆目分からなかった。接客の時だけ多少身だしなみをシャンとさせ、薄化粧もするようだが、目つきの悪さは変わらない。眼鏡の度が合っていないのではあるまいか。あれでよくもまあ、客商売が出来るものだ。

だが、何処《どこ》か他人《ひと》を惹き付ける奇妙な雰囲気を全身に纏っているのは確かだ。そして醸されるミステリアスなその空気は、決して偽りやまやかしではない。

所以《ゆえん》は知れぬが、北星は、猫との意思疎通が可能だ。

それが持って生まれた天性の才か、奇妙な力が働いた結果なのかは分からないし、教えてくれない。ただ確実なのは、己ら猫や人がそれぞれの同種と会話をする時のように、大きな支障も無く言葉をやり取り出来るということ。そしてそれは読心術の類ではなく、言葉にしなければ通じないものだということだ。

だからと言って己はこいつを易々と信頼するつもりなど無かった。実際最初の二週間、己は全くこの女に心を開かず、常に警戒していた。同居している猫共にも極力関わらず、離れた場所で過ごすことに決めたのである。北星が己を撫でようとすればそれを避け、先住猫共が毛繕いをしてやろうかと近付いてくれば逃げる。

きっと連中から見て、己はこの上なく無愛想で親しみを持てない、嫌な猫だったことだろう。だが何故か連中は、そんな己に決して悪態をつくことも、嫌悪することも、排斥することもない。ただ連中は、己が北斗堂という奇妙な空間に馴染《なじ》むのを待っているようだった。

そうなると、徐々に己の方が強情を張っているように思えてくるのは、不思議なものだ。決して馴れ合っているわけじゃない、と言い聞かせながらも己は、次第に避けることをしなくなっていった。

また、己の母や姉兄がそうだったように、己は「餌をくれる」という立場にいるこの女に対して、徐々に寛容にならざるを得なかった。口惜《くちお》しいことに、腹が膨れれば、そして夜風や雨に濡れない場所でぐっすりと眠れれば、生き物の心というのは、徐々に丸くなっていく。

それでも己は己の矜持だけは捨てず、自分のやりたいように生きてやるのだという意固地な思いを一層強くした。が、食卓に飛び乗るだとか、トイレ以外で用を足すなどの粗相《そそう》をしない限り、北斗堂に居る誰も己に対して怒らず、叱られることはない。勿論、暴力も一切無かった。

それが、今まで過酷な八つの命を繰り返してきた己にとってはどうにも新鮮で、北斗堂に居心地の良さを感じるようになってしまった。

結局、北斗堂に厄介になって二週間が過ぎた頃には、北星に飯を要求するようになり、十月も終わる頃になって早めに出された炬燵《こたつ》や電気ストーブの前に、他の猫共とたむろする。そんな情けない飼い猫に成り果ててしまった。

それでも、決して従順になることはしなかった。誰かに媚び諂うだとか、誰かを助けてやるなんてこともしない。

ああそうだ。己は今、北星という女を利用してやっているのだ。己という存在が尊いから、そしてあの女が猫を大切にしているから、あいつは己ら猫を世話している。なれば己は、好き勝手に振る舞うべきだろう。その自由は当たり前の権利として、己に与えられて然るべきだ。

かくして、居着いてから一ヶ月もすると、客間や店の中でゴロゴロと寝転がり、惰眠《だみん》を貪る生活を送るようになった。

ああ、笑わば笑え。どれだけ強がっていても、水は低きに流れるのだ。

それにあの女は、少なくとも無責任に猫を見捨てることはしないだろう。そんな、根拠の無い確信があった。自己満足の延長で、野良猫一家に餌を与える連中とは違う。

北星が己ら猫の面倒を見るその姿勢には、涙ぐましささえ感じさせる。猫好きの人間の一部は常軌を逸するというが、あいつはまさにそんな風だった。自分の飯より先に猫の飯を用意し、自分の楽しみよりも猫のオモチャや体調管理を第一に考える。己らが先に椅子や座布団の上で寝ていれば、自分は奥座敷の畳の上に直に座り、翌朝には尻を痛める。

とにかく、自分よりも何よりも、猫のことが優先だった。オモチャで遊ばせる時は自分の読書と飯の時間を減らし、手持ち無沙汰《ぶさた》になったら己らの誰かに話し掛けては世間話に興じる。

その様子は、まるで旧来の親友同士だったかのようで。

交わされる言葉の一つ一つが大切だと言いたげに、北星は一言一句を噛み締めながら話す。そんな姿が、妙に己の記憶に残る。

そうして一月《ひとつき》も付き合いを続けていると、同居猫達の顔と名前も、自然と覚えた。最初はそんな気など無かったが、一緒に生活していれば嫌でも覚える。

北斗堂に住む猫達は、茶白が雌のルル、三毛が雌のキヌ、茶トラが雄のカア、白黒ハチワレの雄がチビという。

それはあの女が付けた名前かと問うと、猫共は皆、首を振った。何と、北星に教えたそれは全て連中の真名だと言う。

己は耳を疑った。真名は、力だ。己ら猫がより賢く、より聡明になる為の、秘すべき大切なもののはず。知られれば力は弱くなり、命を繰り返すことで得られる魂の徳もつまらぬものになってしまう。

それを理解した上でこいつらは、真名をあの女に教えたというのか？　そこまであの女を信用しているのか？

「あの女の何がそこまで、お前らを惹きつけるのだ」

「真名を教えてもいいって思わせる、人柄だね」

チビが得意げに言った。名前の通り、まだ精神的に幼いらしい。まだ『三つめ』だか『四つめ』だかというところだろう。真名を教えることに対し、己が考えるほどの危機感は持ち合わせていないように見える。そんな己の心配と蔑《さげす》みを、逆にルルは嘲《あざけ》った。

「信頼出来ないなら、それでいいさ。私達は勝手に、お前をクロとでも呼ぶぞ」

懐かしい呼び名だ。不愛想なその声に、嫌気が差した己は電気ストーブの前で体を丸め、「もう、好きにしろ」と投げやりになって呟き、眠る。温《ぬく》いヒーターの温度に心地良くなった己は、うつらうつらとしながら、次第に再び夢の中へと落ちていった。

皆から「クロ」と呼ばれた時代の、過去の記憶の夢だ。

『二つめ』は、人間が嘉永《かえい》と呼んでいた時代に生を受けた。ペルリとやらが日本に来航し、あっちもこっちも、てんやわんやの大騒ぎだったと記憶している。

それからしばらく経つと、人は徐々に黒船と異文化の脅威を放念し始め、己が住処《すみか》としていた宿場町《しゅくばまち》も元通り、いつもの安穏とした日々を取り戻していった。

その時代も、己は誰かの飼い猫になることはなかった。『一つめ』の時、理性と自制心を失った人間に襲われ、食われて死んだ恐怖がまだ強く脳裏に残っていたのである。

しかし、徐々に完全なる野良猫として、全く人間の恩恵に与《あずか》ることなく生きるのは難しくなり始めていた。連中は次第に居住範囲を広げ、己ら獣が不自由なく生きられる環境をゆっくりと奪い始めていたのである。そんな連中の世話にならねば食うに困る時代になってしまったというのは、なんとも口惜しい。

仕方なく、人の流入が多く、他人に無関心であることが多い宿場町で、宿無しの猫としてふらふらと生きることを選んだ。

飢えに苦しまない人間は、売り物の魚が盗まれることを警戒する以外には愛想よく、或いは過干渉せずに接してくれた。飼い主の居ない己は、その宿場町で自然と「クロ」と呼ばれるようになった。丁度、今の北斗堂でそうであるように。

これを真名とすることも出来たが、己は誰か一人だけでいい、特別に頼れる人間が欲しかった。誰かを——特別な誰か一人を信じたかった。

あんな目に遭っておいて何を、と思われるだろうか。だが、まだ純朴だった己は弱かった。人は己ら猫に優しいままで居てくれると、心の何処かで信じていたかったのかも知れない。それだけ、思い入れを持てる真名が欲しかった。

この『二つめ』の一生では、人間から乱暴な目に遭うことなく生きることが出来た。とは言っても、誰かから特別に可愛がられたわけでもない。

居なくなったら居なくなったで、誰も気にしてくれない。心配などしてくれない。守ってくれる飼い主も居ない。人間は己じゃない別の猫を、己の代わりに可愛がるだけだ。それを考えるだけで、己は恐怖と、孤独を感じた。

己が死んだら、誰か弔《とむら》ってくれるだろうか？

老齢に差し掛かった頃、徐々にそんなことを考え始める。

あの宿屋の主人はどうだ。あの呉服屋の小間使いは？　居酒屋の女将は？

あいつは、あいつは、あいつは。

どれだけ考えても、己の死を見届け、心の底から悲しんでくれる人間の姿を思い浮かべることが出来ない。流れては去っていく旅人を見送るこの宿場町で、連中は流れ者の己を愛してはくれぬのだ。

なあ、おい。

誰か本気で、己のことを好きでいてくれる奴は、居るのかい。

ニャーオ、と月夜に家の屋根の上で一度鳴いてみたが、人間は誰も答えてなんてくれなかった。

結局、孤独と恐怖の狭間《はざま》に揺れ、人を信頼出来ぬまま、『二つめ』の己は、突如日本に誕生した馬車とかいう奇妙なものに轢かれて短い寿命を終えた。その唐突な死は、己により一層強い孤独を与え、誰かと共に生きたいと願う思いを強くさせた。

だから『三つめ』では、どうしても誰かと過ごしたかった。

いつまでも心の底から誰かと打ち解けることも無いまま、つかず離れずの距離を保ちながら北斗堂に住み始め、早くも三年後の冬となる。

　相変わらず北星は店内にある本を勝手に引っ張り出し、片っ端から読み耽って一日を自堕落に過ごしている。一体この女がどうやって満足な生計を立てているのか、そして五匹もの猫の面倒を見ているのか、甚《はなは》だ疑問である。

　三年、と一言で片付けてしまうのは、それだけ己達の生活は何の起伏も無い日々が続いてきたからである。特に己などは、北星とも他の猫とも積極的に関わりたくないからと、飯の時以外は連中を避けて生活している。連中の会話に混ざることもせず、ただグースカと惰眠を貪るばかりだ。逆に、今まで繰り返してきたそれぞれの一生と違い、三年もの間何も起きない、平穏な日々を過ごせたとも言えるだろうが。

　変化らしいものが特に無い――それは、己にとって大きな驚きでもあった。

　相変わらず己は人間を信じ切ってなどいないし、同族にも余所余所《よそよそ》しい。だが北星に対しては少しだけ、距離を近付けてみた。食いっぱぐれることのない、そして冬でも暖かい安定した生活を提供するという一点においてだけ、己はこいつを評価している。

　なので、時々北星に物を言うことはある。やれ飯はまだか、炬燵をつけろ、ラジオを消せ……等々。本当に碌でもない会話しかないが。

だが北星は「亭主関白みたいだね」と苦笑するだけで、基本的には己の要求を聞き入れ、問いに答える。そして己も、自分本位な要求をする以外、北星個人に興味を持つことも、関心を寄せてそのプライベートに踏み入ることもしない。

確かにこれはキヌの言う通り、人間と猫の心地よい距離感であった。

ただ、一度だけ、北星に踏み込んだ質問をしようとしたことがある。

北斗堂の店内は、書物の保存を第一とした環境が整えられている。小窓が二つあるだけで、光は開け放たれた店の玄関からしか入らない。薄暗い照明ばかりの店内は、乾燥し過ぎず、夏は一日中裏口の扉が開け放たれて換気も行なわれた。まさに、本の為の家と言ってもいいだろう。そこに、店主の私情や一方的な好みを反映させたレイアウトや装飾は無い。

しかし唯一、店の北側の壁と本棚の一つに、それぞれ奇妙な同じ絵柄の掛け軸が掛けられている。半裸の翁《おきな》か鬼のような人物が描かれた水墨画である。片手には墨壺《すみつぼ》を、もう片方の手には筆を握っている。添えるように描かれた梅の花木の濃淡が美しい。

「おい、あの絵は何だ」

カウンターから見えるように飾られたそれが魔女の趣味だとすれば、大層なセンスだ。馬鹿にするつもりで口を開いたが、しかし当の北星はにやりと少し嬉しそうにして、眼鏡チェーンに付いた枡のチャームを揺らしながら首を傾《かし》げ、「知りたい?」などと訊き返してきやがる。癪なので、己はそれを無視し、黙って再び眠ることにした。

知りたいと答えて、あいつの口から答えを引き出すことは容易である。しかし己がこの北斗堂にやってきた当初よりずっと言われている、「お前の生きてきた数々の一生を教えろ」というその口約束を果たさなければならぬ——そんな確信にも似た予感が、何故か頭から離れない。

相手の秘密。相手の過去。それを知る対価として、己の過去と秘密を明かす。それは、等価交換の条件としては至極《しごく》真っ当であった。何故かそんな暗黙の了解を、有無を言わせず実行させようとする気配を、この北斗堂全体から感じる。これもまた、魔女の隠している秘密の一つなのだろうか。

いずれにせよ、己は自分のことを話すつもりなど無い。

己と、あの男の話は、決して誰にも。

だからそれ以来、その絵のことは訊いていない。

客は日に何人かやってくる。一見《いちげん》も居るが、数日おきにやってくる好事家《こうずか》も居る。数少ない常連と言っていい奴が、己が三年前に家まで送ってやった、神崎円《かんざきまどか》という娘だった。歳は、もう十になる。

だがこいつは、客と言っていいのかどうか難しい奴だった。こいつは北星のお気に入りらしく、特に本を買っていくわけでもないのに頻繁に店に出入りをさせているのだ。そして、店の蔵書を店内限定で好きに読ませ、買いもせずに帰っていくのを黙認——どころか温かい目で見守ってさえいる。

おまけに円は、猫好きだ。店に来ると必ず誰かを撫でようとした。

キヌとカアは、気持ちよく撫でてくれるのだと言って積極的に体を擦《す》り寄せる。ルルは拒みこそしないが甘えることもせず、ただじっとしている。

一方、己とチビは、円を見るとさっさと逃げてしまう側の猫だった。人間に勝手にグシャグシャと撫でられるなど、堪ったものじゃない。もっとも、チビが逃げる理由は「僕の時だけ強く撫でるんだ！」だったが。まあ、己の次に体が小さいから、変に愛《め》でられる対象なのだろう。

とにかく、己は円が苦手だった。嫌いだ、と拒絶するほどではないことは認めてやる。気まぐれな雰囲気を放つ円の様子は、あの日と変わらず、時折あの男を想起させるのがどうにも気に掛かって仕方がないのだ。

今日も円は本棚から本を取り出し、店の丸椅子に座ってそれを読み耽り、陽が沈み始めたら棚に本を戻し、挨拶して帰っていく。週に二日か三日は、そんな調子だった。店の売上を考えると、とても上客とは言えない。

いつまであいつの立ち読みを許すのだと北星に問いただすと、こともなげにアッサリと答える。

「お小遣いもまだ月に数百円だというし、お気に入りはちゃんと買ってくれる子だからね。無理に追い出すことなんてしないよ」

釈然としないが、店主が公式に認めているのであれば何も言えない。そんな人の良さに呆れながらも、娘を客人として観察する日々が続いた。

もう一人、一年と少し前から常連になった男が居る。歳は三十半ばかそこらで、名を木村と言った。

そう、わざわざこいつは、北星に自分の名前を名乗ったのだ。週に一回、週末に必ずやってきては本を買うついでに、北星と世間話をする。北星に惚れているのだと気付いたのは、しばらく経ってからだ。

こいつに読書の趣味があるかどうかは分からない。実直で物腰が柔らかく、雰囲気のいい落ち着いた男に見えるが、外面《そとづら》ばかりがいい人間を何人も見てきた己としては、それだけで木村が信頼に足る人間であるなどと断ずることはしない。特に、女に下心のある男というのは、体《てい》裁《さい》を取り繕ってばかりだ。要は、まるで信用出来ぬのだ。

実際、あいつが自分の読んでいる本の話をするところはあまり見たことがない。本当に本が好きで北斗堂を訪れているか、怪しいものだ。世間話の内容は半ば一方的で、仕事の愚痴、或いは自分の手柄話ばかり。明らかに、自分をよく見せる為の虚言か誇張であろう。北星も、そうなんですね、と愛想よく頷いてみせるばかりである。どうやらこいつも、嘘は見抜いているらしい。

そんな木村は北星をデートに誘おうとしきりに口説いてはいるが、北星自身は興味が無いのか、いつも適当に理由をつけてあしらう。キッパリ断ればいいものを。

それを揶揄《やゆ》すると「顧客が一人減っちゃうでしょう?」と、あくまでビジネスライクに答えた。やはり人というのは、腹の中が知れぬものである。

付き合ってしまえばよかろう、と余計なお節介という名の茶々を入れたこともある。が、魔女は苦笑して何も言い返さない。彼女を知る猫共も、何処か気まずそうにしていた。何だ、事情を知らぬは己だけか。

何も分からぬ己だったが、どうやらこれは藪蛇《やぶへび》だったらしい。少し意地悪な声の調子で、素っ気無く宣言してきやがった。

「クロ、あんた来週病院だからね。ちゃんとワクチン打ちなよ」

クソッタレ。

そんな或る日のことだ。

真夏の夜、冷感シートの上で寝ていると、キヌとチビが強引にシートを奪おうとモゾモゾ動き、結局己を追い出してしまった。悪態をついてやろうと思ったが、安穏とした表情で腹を見せて寝ている二匹を見ているとその気も失せ、己は小窓を開けたままにしている店内の方へと退散することにした。

客間の敷居を跨ぎ、カウンターに飛び乗ると、店内にルルが居た。それを見て、己はギョッとして動きを止めてしまう。

驚いたことにルルは、後ろ脚で立ち上がり、ひょこひょこと店のフロアを歩き、書架の本を眺め回しているではないか。あまつさえ、大学ノートに何かを書き込んでいた。器用に、爪と爪の間にペンを挟んで。

己が立てた僅かな物音に気付いたらしいルルが己の方を振り返り、直立したまま目を丸くした。お互いしばらくそうして固まっていたが、しばらくしてルルがペンをノートの上に置き、四本脚に戻る。

「ふむ、見られたね」

失態を犯してしまったという悔恨の色は窺《うかが》えず、ただ淡々と事実を口にしただけという風である。己は躊躇いがちに尋ねた。

「……お前、何者だ？」

「何って。私は私さ。ルルだよ、小僧」

そう言いながら再びルルは後ろ脚で立ち上がり、平積みされていた本の上に置いていたノートを持ち上げ、ペンを挟んだまま閉じる。そして、そのノートを両前脚で抱えながら、二本脚でカウンターまで戻ってきた。

あまりにも人間然としたその姿に、己の頭はずっと混乱したままだ。ノートをカウンターに置き、再び四本脚で奥座敷の方へと向かうその姿を呆然と見ていると、「偶《たま》には話でもしようか」と落ち着き払った声で、ルルは提案する。

どうにも好きになれない相手ではあるが、今は好奇心が勝った。己は腹を決めてカウンターを降り、冬には炬燵になる卓袱台《ちゃぶだい》が部屋の中央に鎮座する六畳間に戻る。曇り硝子《ガラス》の窓から差し込む星明かりの下、冷えた卓袱台の上で二匹、座って向かい合う。

少し悩んだ後、改めて己は尋ねた。

「――お前、一体何者だ？」

「ルル、という真名を与えられた猫だよ。化け猫というわけではないが、普通の『六つめ』より奇妙な奴という自覚はあるね。二本の脚で歩くのを見た人間は、魔女の他には、私に真名を与えてくれた男だけだが」

「ふむ？」

疑問に思っていると、ルルは「ふふっ」と思い出すように小さく笑う。

「飼い主の男や、その友人が酒を呑んで馬鹿騒ぎをして、奇妙に踊る様子が気になってね。真夜中にそれを真似て、何度か踊ってみたのさ。だが、飼い主に或る夜、それを見られてしまった。以降、恥ずかしくなって踊らなくなったのさ。でも、どうにも楽しくってね。時々、後ろ脚で人間のように歩く真似をしては遊んでいたんだよ。『二つめ』の頃だったな。それからはもう踊るまいと思っていたが……恵梨香にはバレていた。どうにも飼い主はそのことを、著書に書き記していたらしい。私がその男の身の上話をしたら名前を当ててきた。私が両前脚を使えると知って、魔女は仕事の手伝いを依頼してきて今に至る……というわけさ」

「著書？」

ふふ、と気障《きざ》ったらしく微笑んで、ルルは続けた。

「私に真名を与えた飼い主は、作家だった――名を、池波正太郎《いけなみしょうたろう》と言う」

どきり、と己の心臓が跳ねる。

こいつも、何処ぞの作家と共に生きたのか……。

己はルルの次の言葉を待つ。彼女は一呼吸置いて、奇妙な話を始めた。

「お前は、あの魔女こそが摩訶《まか》不思議なことの全てであると思っているだろう？　違うのさ。言ってしまえば彼女も、この北斗堂の力の影響を受けているだけに過ぎん。真に奇妙なのは、この北斗堂なのさ」

己は、店の天井を見上げ、周囲を見回した。六畳間も、本で埋め尽くされた店の中も、全く奇妙に思えるところは無い。ルルは続けた。

「詳しくはいつか、恵梨香から聞くといい。お前が自分のことを話さず、等価交換をしない内にあいつのことを知るのは、フェアじゃないからね。代わりに、あの魔女に科せられた制約についてだけ教えてやろう」

ルルはそう話を切り出した。「あいつはね、偶然猫と話せる力を得たわけじゃない。私らのような猫と関わらなければならないという、そういう星の下《もと》に生きている」

「話が飲み込めない」

「つまりね――これは、呪いみたいなものなのさ」

静かな声で、ルルは憐れむように言った。

「最も愛するものを剝奪され、しかしその愛するものを傍に置き、決して自分のものにならないことを自覚させられながら生きる。それがあの魔女に科せられた、永遠に背負い続けなければばならない呪いさね。夢を奪われ、しかしすぐ近くでその幻影を見ながら生きる。それは、この上無い苦しみなんだよ――あいつは、本と共に生きなければならないのさ」

話が要領を得ない。己はルルの言わんとしていることを理解出来ないまま、じっと話を聞いている。夏の夜に鳴き続ける虫の音だけがうるさかった。

「本と共に、そしてその作者と共に、あの魔女は生き続けなければならない。その呪いの一つが、私達との生活だ」

「筋道を通して話せ、愚図《ぐず》め」

「せっかちだな、お前は。……あいつはね、物語を紡ぐ書き手となった人間の、その人生を知り、苦しまなければならないのだよ」

書き手？　ちょっと考え、それが所謂《いわゆる》、作家のことを指すのだと気付く。

「魔女は、嘗ての作家達の人生を知らなければならない。猫達の目を通して見た、一人の人間としての物語を知る必要がある。……私を飼っていた作家の男はね、とても猫が好きだった。戦火で家を無くしても、私だけは決して手放さずにしっかり守ってくれた。自分よりも猫を大切にするような奴だったよ。きっと私が死んだ後も何匹も猫を飼って、大切にして、彼らもまた作家としての彼を見て……そいつらも幾つめかの命をこの北斗堂で過ごしたか、或いは、これから過ごすことになるのだろう。そして彼についての話を、魔女に話すのだ。私がそうしているように――だから、お前もいつかは話さなければならない。魔女は、お前の目を通した作家の話を知らねばならない。お前が名乗らぬでは、作家が誰かも分からぬのだ。だから、お前はこの北斗堂に来る必要があった。そして、あの魔女と共に、私達と共に生活しなければならない。そういうことになっている」

　言われて、己は腹が立った。姿勢を低くし、威嚇するように唸る。

「己の生き方が、何処ぞの誰かに決められているとでも言うのか」

「身も蓋もなく言ってしまえば、そうなる。私達の役目は、嘗ての一生の中で過ごした作者の生き様を、あの魔女に教えること」

　言われたその瞬間、己の頭の中に記憶が蘇る。

丸まった背中。己がやってきてから物語という世界に飛び込み、筆を走らせるようになった男。癇癪持ちの病気持ち。膝の上に己が乗ると、優しく頭を撫でた男。そして己を無条件に受け入れた男……。

　ルルは続けた。

「――それが、あの魔女の喉の渇きを潤す甘露《かんろ》であり、同時に身を引き裂く苦痛を与える毒となる。私達は進んでそれを捧げなければならない」

「ふざけるな！」

　咄嗟に、己自身でも意識しない内に、叫んでいた。

　何かを侮辱された気がした。己自身ではない、何か別の大切なものを踏《ふ》み躙《にじ》られた感覚があった。あの男と己との、大切な思い出を。

　あいつと過ごしたあの一生は、誰かを喜ばせたり、苦しませたりする為に存在するのではない。己の名前は、あいつを見せ物にする為にあるのではない。

己は短く吼《ほ》えると、それ以上ルルの言葉に耳を貸さず、卓袱台から飛び降り、そのまま裏口のくぐり戸から外へ飛び出す。

今晩だけは、連中から離れて過ごしたかった。

話はまだ途中だぞ――遠くから、ルルの声が聞こえる。だが、北斗堂を離れる足を止めることはなかった。


翌日、己は誰とも口を利かなかった。

飯を北星にねだることもせず、ただ与えられるまで黙っていた。わざわざオモチャの竿を振って遊んでやろうとしてくるのも無視して、なるべく北星からも、他の猫からも距離を置く。

時々、ルルから事情を聞いたらしいカアとキヌがそれぞれ話し掛けてこようとしたが、己はそれを無視するか、逃げるかしていた。

己の生き様が、逃れ難い運命というやつに弄《もてあそ》ばれているのだという感覚が襲い来る。それが我慢ならない。そんなことあるものか、と必死に否定しようとするが、頭から離れなかった。

心の何処かで、こんな都合のいい一生を送ることが出来ている現実に、疑念を抱いていた自分が居た。何の見返りも無しに、人が己に優しくなどするわけがない。

優しさには必ず、裏がある。己を無条件に受け入れてくれる人間など、そう易々と見付かるはずがない。だからこそ、己とあの男との思い出は強く、明るく輝くのだ。

渦巻く怒りと困惑を鎮める為、己は日中、駅の近くまで出てきては、涼しい場所を探してそこで過ごすようになった。

そうして周囲を観察していると、意外にも人間共は己のことを気に掛けない。最初はただ無関心なだけだと思っていたのだが、どうやら自分のことに精一杯で、周囲を気にする余裕も無く、視野狭窄に陥っているようだ。そういう、心に余裕の無い連中の視界に己達猫という異物が飛び込んでくると、連中はそれを邪魔だと思うらしい。

野良として生きている時分は、確かに己もそういう類の生き方をしていたな、と今更になって思い返す。日々の飯をどうするか、安全に眠れる場所は何処かということばかりを考えて、誰かを気に掛けることなどしていなかった。

一方で、余裕があるらしい人間は己に積極的に構ってくる。自分の用事など放り出して、駅に向かっていた足を止めて脇道に逸《そ》れ、わざわざ己に触れてこようとする。そういう奴らは決して、己を害しようとはしない。

あの北斗堂の連中に構われるよりは、ずっとマシだ。そう腹を決めて、己に触れてくる人間には媚び諂うこともなく、かといって邪険《じゃけん》にしたり避けたりすることもなく、ただされるがままにし、無視するだけに留めた。ひとしきり己を撫でると満足するのか、人間は再び自分の用事へと戻っていく。己がこんな複雑な思考を巡らせているとは、露ほども思わないらしい。当然のことではあるが、滑稽にも思う。

心に余裕を無くしている人間の、何と哀れなことだろう。そして心に余裕を持つ人間の、何と損な生き方をしていることか。

どちらの生き方も、己は理解に苦しむ。心貧しければ、金と時間に追われ、無駄を嫌い、行動の全てに意味や対価を求めようとする。故に路傍の猫を視界に入れることさえしない。猫を撫でることに意味を求めない。報酬など得られぬからだ。理に適っているが、余裕が無い生き方はそれだけで滑稽であり、哀れである。

しかし、より理解に苦しむのは、己ら猫を愛でようとわざわざ近付いてくる人間達の方である。

可愛がったところで、連中には何の益もない。それどころか、自分の時間を費やすという損までしている。己ら猫が多少、心持ちがよくなるだけだ。それさえも時として鬱陶しい。何の得もないはずの行為をして、満足そうな顔をして去っていく連中は、損をしていると断言してよかろう。

連中は一体、何を求め、何を得ているのか。

金に縛られぬ人間の心は、分からない。金で動く奴の方が、まだ分かりやすくていい。

実に不思議だ。連中は、心に隙間を作ったまま放置し、「余裕」を作る。見返りを求めないという心の余裕を。

連中は、己ら猫にどんな益を求め、そして得ているのだろう。

或いは、損得勘定以外のものが、猫と人との間に存在するのだろうか。

——あの男との関係は、どうだっただろう?

利害だけで成り立っていた信頼だっただろうか。

『三つめ』を生きたあの時代。己はどうしても、今度こそ、誰かと共に居たいと願った。

産まれて間も無く親と死に別れ、己は街を彷徨った。異邦人共の文明は完全に日本を侵食したが、日本人はそれを独自に換骨奪胎《かんこつだったい》し、奇妙な形で自文化の中に取り込んだ。和洋の文明と文化が入り乱れ、人の暮らしが急速に変化を始めた、そんな時代。

しかし己は何も変わらぬ黒猫のまま、街を歩いていた。

文明の開化も、技術の躍進も、己には全く興味が無い。己の胸中にあるのは、己が支配されてもいいと思えるくらいの、信頼出来る相手を求める切望だけであった。

そうして、夕餉《ゆうげ》の準備をしていると思われる家を見付け、そこに飛び込んだ。明治年間の、今と同じ――夏の初め頃の話だ。

ともかく、誰かに愛されようとしたと記憶している。今思えば努力の仕方を間違えていたのだろうが、飛び込んだ家の中で、己は気に入られようと必死だった。無邪気に振る舞えば子供のような姿が好かれるのではないかと、好き放題に振る舞った。

家人《かじん》の足にじゃれつく、米櫃《こめびつ》の上に乗る、子供にちょっかいを出す……等々。

今冷静に考えれば、だいぶおかしくなっていたのだろう。己が経てきた八つの命の中でも、数少ない恥部と言える。だが、己はなりふり構っていられなかった。

それほど、誰かに自分を必要として欲しかったのだ。

そんな己が家に侵入する度に、鏡子《きょうこ》と呼ばれたあの男の細君は呆れ、己を家から摘《つま》み出した。後日また己が侵入しては、やはり摘み出す。何度も何度も繰り返される、予定調和にも似たそのやりとりが、何処か楽しかった。

或る日細君は遂に己の首根っこを摑んで、「いっそ何処か遠くへ捨てに行こうかしらね」とぼやいたのだが、あの男の鶴の一声が、己を救った。

「そんなに入ってくるなら、置いてやったらいいじゃないか」

癇癪持ちのあの男が、どうしてそんな気まぐれを口にしたのか。今となってもよく分からぬ。教師をしていたのに、神経衰弱のせいで仕事もままならず、家計も火の車だったという話は、しばらく後になって知った。つまり当時、己を飼う余裕などあったかどうか、怪しいものだったのである。

だが、あの男は己を受け入れた。寝転がって新聞を読むあいつの背に乗って寝ても、己を振り払うこともせず、その姿勢のまま新聞を読み続けるくらいの寛容さを以て。

……何の変哲も無い日々が始まった。

客間の座布団を寝床に、一日中そこで寝ることもあった。下女や細君にはすぐ「馬鹿野郎」と怒鳴るあの男は、しかし横着な己に怒ることはない。ただ己があの男の座布団の上で寝ているのを見ると、子供の座布団をひったくって尻に敷く。己は、そうしてあいつが新聞や本を読んだり、文机《ふづくえ》に向かうのを眺めていた。

　台所から魚の堪らなく美味そうな匂いがすると細君の後ろでじっと控えて、あわよくばおこぼれをもらえぬものかと大人しく待ったことも、一度や二度ではない。これに関しては、あの女は本当に気まぐれに、余った切れ端をちょびっとしかくれない。実にケチであった。

　そこへいくとあの男は、己に対して無関心なようでいて、実は中々に面倒見がよかったと思う。先述の背中だけでなく、胡座《あぐら》をかいている股ぐらに収まっても邪険にしなかった。唯一、筆を動かしている時に傍でニャアと鳴いたら「喧《やかま》しい」と怒る程度のものである。

　ささやかだが、全てが己にとって平穏な日々であった。

　ようやく、己の場所が出来た——そう思えるくらいに。

　男の家庭は、決して裕福ではなかったけれど、それでも家はのんびりとしていて、たまに男が起こす癇癪も、己には向けられぬ。これについては鏡子に嫉妬されることがあったほどだ。

　不満と言えば、あの男が己に名前を与えないことだったが……どんなに待っても、あいつは己に名前を付けなかった。

　半年もそんな己を家の中で放任した、或る日のことだ。男は酷い癇癪を起こし、部屋のあれやこれやを投げ、終《しま》いには倒れてしまった。

　家の者は皆心配したが、この度のヒステリーは少し度を越えていた。鏡子は二月《ふたつき》も別居をしてしまったほどである。これには男も堪《こた》えたと見え、持病の胃痛に苦しみ悪態を吐《つ》きながら、布団の中でぼんやりしていることも増えた。

　意外なことであるが、そんな瘋癲持ちにも友人は居たらしい。病床に伏せるあいつを友人が見舞いに来た。寺田《てらだ》某、橋口《はしぐち》某、奥《おく》某という連中が、度々己らの家を訪ねては世間話に興じたのである。そして連中は漏れなく、己を撫でて可愛がろうとした。全部嚙み付いてやったが。

　そんな中で一等、男を心配したのが、高浜《たかはま》とかいうボンクラ俳人である。自身も病弱である為か、他の見舞客よりも深刻そうな顔をして瘋癲持ちに色々と話をしてやるその男のことだけは、何だか強く印象に残った。

　そしてボンクラは、あの男に言ったのだ。

「神経衰弱の治療の一環として、小説を書いてみたらどうでしょう」

　己には、その言葉の意味が分からなかった。病を治すことと小説を執筆することに、何の関連があるのか。生きるのに全く必要の無い、人間の間でしか行なわれぬ暇潰しに、何の意味があるのか。ましてや、心の病の治療になど。

　馬鹿馬鹿しい、こいつがそんなこと受けるものか——そう思っていた己であるが、どうやら男は違うらしかった。

　何を思ったのか、その年の暮れ頃から、男は筆を執り、物語というものを書き始めたのである。

『吾輩は猫である。名前はまだ無い。どこで生れたか頓《とん》と見当がつかぬ。』

そんな奇妙な書き出しから、原稿用紙は次々に埋められていく。物語は明らかに己をモデルとして、進められていった。

己が目にしたのは、その書き出しがある原稿用紙の一枚目だけであった。それからすぐに興味を無くした己は、庭の日当たりの良い土の上でゴロゴロと昼寝をし、それきりである。

しかし、その物語――私小説の体裁《ていさい》も交えたらしい風変わりな一作は、人気を博したらしい。次第に世間での人気も上がり、男は作家業というものに本腰を入れようと考えた。そしてこの癇癪持ちは、ほんの少しだけ、心持ちを穏やかにしたように思える。

連載は続き、妙ちくりんな物語は人々の心を捉え、受け入れられていった。

原稿を書き続ける男の背中を、己はよく見ていた。あいつが物語を紡いでいく様子を、今でもハッキリと覚えている。

原稿用紙に書き散らかした物語を読み返す男の傍に近付いた日のことだ。あいつは己の頭をそっと撫で、ちょい、と原稿を己に差し出す。

「読むか」

ぶっきらぼうな物言いであった。それは、己があの一枚目をたまたま目にした時以来の物語である。勿論、己には話の筋など分からぬ。かいつまんで多少読んだ限りでは、洒落っ気で彩られた世俗を観察する黒猫の、奇妙な考察が並べられているように思えた。しかし、主人公たる黒猫の細かい仕草や癖などは、確かに己を観察して得られた描写であるに違いない。

男を見上げる。

いつもの仏頂面が、その時は僅かに微笑んでいた。

「お前のお陰だと、礼を言わんこともない」

普段のあの男に似つかわしくない、少し恥ずかしげな声。

あいつの口がどれだけ悪くとも、人付き合いが上手くなくとも。

己はあの声と言葉だけで、全てを受け入れることが出来た。

この時確かに、あの男の心には、それまでに無い余裕が生まれていた。

だからこそあいつは、己に微笑んでみせたのだろう。もう少し寛大な奴であったならきっと、細君や子供の前でも、そんな顔をしたに相違あるまい。

……あの楽しい日々を、己は今でも覚えている。

それからあの男は次々に著作を発表し、人間の世界でいう文豪という肩書きを冠することが出来るまでに成長したというのだから、己も鼻が高い。己が居なければ、きっとあの男は大衆文学になぞ手を出さず素寒貧《すかんぴん》な生活を送り、一家を路頭に迷わせていたに違いないのだ。感謝してほしいものである。

そんなあいつの評判を聞いてか、それとも着想のネタとなった己の姿を一目拝もうとしたのか、あいつの家には続々と人が集まった。毎週木曜日に門下生やら学生やらを集めては、色々談義をするようになったのである。

これは実にうるさく、迷惑であった。口を開けばあの男は「お前なぞオタンチンパレオロガスじゃないか」だの「子規《しき》ってのは穢《きたな》い奴だ」などと他人をこき下ろす。自分が嫌いだからと青魚までこき下ろす。そして門下生らもピシピシと、他人の作品や人について悪口を言った。まあよくも、あそこまで罵倒の言葉が沢山出てくるものである。

だが、どいつもこいつも、やけに楽しそうだった。

そんなに、創作というやつが楽しいのか。それを物語るのが嬉しいのか。

己には理解出来ぬ。理解出来ぬが、しかし男が物書きとして立派に役目を全うし、務め上げているということは評価してやる。

そんな、人間にしては大層立派と言える奴だから、己に名前を与えてくれたっていいものだ。それをする資格が、あいつにはあったはずだ。

だが、馬鹿らしい、とばかりにあいつは己への命名に興味を持たなかった。細君や子供、家に出入りする連中までが、「おい」だの「ネコ」だの「クロ」だのと好き勝手に呼ぶばかりで、決まった名前を与えやしない。

何より、己が主人と認めても良いと思えたのは、あの男だけである。

——己は、他の誰でもない、あいつに名前を付けて欲しかった。

あいつと、短い一生の中で関わったという証が欲しい。己がそう強く思えたことこそが、正《まさ》しく真名を残すに相応《ふさわ》しい証明である。あいつに、真名を与えて欲しい。だからこそ、いい加減な名前など嫌だった。

なのに、あの男はそれをしなかった。

それが気まぐれか、臍曲《へそま》がりか、或いは自由放任主義だったが故の結果なのか、それはついぞ分からなかった。

だから己が勝手に名乗ることとした。あいつが己を忘れてもいい。己があいつを忘れぬ為に、己はあいつの筆名ではない、本名の方を真名として頂戴することにしたのだ。

金之助、と。

「クロちゃん？」

己を指すと思われるふざけた名前を呼ぶ声がして、片目を開けてその方向を見た。ランドセルを背負い、通学帽を被った円が居る。学校帰りだろうか、だいぶ大きくなって、身長は平均よりも少し高いように見えた。桃色のワンピースから伸びた細い腕が、己の方へ伸びてくる。止めてくれ、暑苦しい。そう言ってやりたかったが、丁度ノミが居るらしい額の辺りを掻いてくれたので、取り敢えず見逃すこととする。こいつはちゃんと、家に帰ったら手を洗うのだろうか。

「こんなところでどうしたの？　まいご？」

お前と一緒にするな。いや、あの時もこいつは、道に迷ったわけではないが。

しかし、ここまで子供扱いされるというのは心外でもある。己は立ち上がり、冷たくなった街路樹近くの植え込みの中へ移動しようとする。あそこの方が涼しそうだ。

が、立ち上がった己を、円はひょいと抱えて持ち上げた。おい、何をするんだ小娘。暑苦しいと言っているだろうが。

「お家につれていってあげる！」

余計なお節介だ、馬鹿。好きにさせろ。自己中心的な奴だ。

にゃー、と鳴いて抵抗してみるが、両前脚の下に左手を回し、右手で己の尻を支えるその娘に運ばれるのは、まあ楽でもあった。そろそろ夕方も近いから、帰るのには丁度いい時間かも知れない。

先程まで見ていた夢のことを思い返しながら、己は円の両腕の中でもがくのを止め、身を任せた。


それから娘は小走りに丘を登り、静まりかえった住宅地の中をジグザグと進み、いつもの北斗堂前に到着した。そこでようやく息を整え、己を地面にゆっくり下ろす。お前、家に入る時はちゃんと服をはたけ。ノミがついてるぞ、多分。

己は円を置いて店に入った。クスクスと笑いながら、カアが己を出迎える。

「いやあ、デートは楽しかったか？」

「ほざけ」

「いいじゃないか、可愛がられるなら。いい子だろう？」

「知ってる」

あしらい、己は店内の適当な本棚に登り、体を丸めた。カアは円に近付いて、今度は自分を撫でろと媚を売っている。

娘は「こんにちは！」と声を出し、北星に挨拶をしてから、存分にカアを撫で始めた。北星は眼鏡を外して「いらっしゃい」と少女を出迎えた後、本棚の上へと退避した己を見て「ふうん？」とにやついた笑みを浮かべる。不愉快な女だ。

ひとしきりカアを撫でた円は、屈《かが》めていた腰を上げ、真っ直ぐに北星の方へと向かっていく。他に誰も居ない店内で、しかし一応店の中だからだろう。少しだけ声の調子を落として、背負っていたランドセルからファイルを取り出した。

「あ、あの、これ！」

「お。約束してたやつかな？」

「はい！」

どれどれ、と微笑みながら、店主はそれを受け取る。プリント用紙十枚程の厚みがあるクリアファイルだ。紙の一点をダブルクリップで挟んである。円は、キラキラした目を向けながら、期待と少々の不安が入り混じった声で尋ねる。

「あ、あの。どうですか……？」

「ごめんね。ちゃんとじっくり読んでから伝えたいんだ。明日、また来てくれる？　絶対お話しするよ」

言うと、円はパッと顔を輝かせ、小躍りしながらコクコクと何度も頷く。首が取れるんじゃないかと要らない心配をしてしまうくらいだった。

「ゼッタイですよ！」

そう言って、円は小遣いを入れているらしいキャラクターものの財布を取り出し、二百円で売られている童話が集められた文庫を一冊買い、今日はそのまま店を出て行った。

「それ、何？」

カウンターに飛び乗ったカアが、クリアファイルを見て首を傾げる。魔女は愛《いと》しそうにそのファイルを手にし、答える。

「これはね――小説だよ。あの子が書いたんだ。感想を聞かせて欲しいって、この前言われてね」

ピクリ、と己は耳をそばだてた。

あの小娘が、物語を書いた？

あらあら、とキヌが近付き、興味津々という風に尻尾を振る。

「魔女。私、とっても興味がありますよ。私にも読ませてくださる？」

「私が読んでからね」

己はそんな北星達の様子を、少し遠巻きに観察していた。ルルも、離れたところで素知らぬふりをしながら、しかし気になって仕方がないのだろう、しきりに皆の方を見ていた。

そして北星は、丁寧に紙を捲《めく》りながら、物語を読み進めていく。パソコンでタイプして印字したものらしく、遠目に見る文字は整然と並んでいた。ですます調で終わる文体だということは辛うじて分かるが、已の場所からは内容までは不明だ。

だが、小学五年生の書く物語である。褒めるところなど大してあるまい。

――そう思っていた矢先だった。
五、六枚ページを捲った辺りで北星の目に涙が滲み始め、もう数枚、手を震わせながらページを捲る頃には、ボロボロと泣き始めていた。
そんなに心を動かされたのか？　子供の書いた物語で？

困惑し、已は思わず立ち上がってしまう。流石にキヌ達も慌てて、どうしたどうしたと北星に近付き、彼女を気遣った。

「本の虫のお前を、そんなに揺さぶったのか？」

ルルがトコトコと近付きながら尋ねる。だが北星は「違うの」と眼鏡を外して涙を袖で必死に拭いながら、頭を振る。「ただ、ね。ちょっとこれは、私の問題だから……ああ、ごめんね、ごめん。私、少し休むから……」

読んでていいよ、と言い残す言葉の最後の方は、声が掠れていて上手く聞き取れなかった。サンダルを脱いで奥座敷に上がり、足早に階段を登り、魔女は姿を消してしまった。

流石の已も、あの小娘の書いた話が気になった。音を殺してカウンターに飛び乗り、何だ何だと集まる他の猫共と一緒に、コピー用紙の束を確認する。

「読める？」

「読めない」

と、カアとチビが馬鹿みたいなやり取りをする。言葉は分かっても、まだ文字を学習するのに十分な転生を繰り返しているとは言い難いらしい。驚いたことに、ルルとキヌも他の者に読み聞かせようと音読するが、辿々《たどたど》しく、非常にまどろっこしい。所詮、八つも生き抜いていない未熟な猫に過ぎぬのか。

あまりの拙《つたな》さに呆れ、己が読み上げることにした。どれ、真名を得た『九つめ』の威厳を見せてやろう。

「『相田《あいだ》さんの飼っていたウサギはその夜、にげ出してしまいました。夢の世界へにげ出したウサギを追うために、彼はアリスと呼ばれる近所のネコに助けを求めます』……」

読み進めていくが、物語の筋は凡庸《ぼんよう》だった。『不思議の国のアリス』をアレンジして、主人公の少女が夢と現実を行き来しながら彷徨い、逃げてしまったペットのウサギを連れ戻すという、それだけの話である。

物語自体に破綻は無く、稚拙ではあるが小学生にしては幅の広い語彙を駆使し、登場人物達は元気に動き回る。だが、それだけだ。つまらない出来とまでは言わないが、心を揺さぶる感動的なストーリーとは、とてもではないが言い難い。どちらかと言えば絵本に近く、大の大人がこれを読んであれほどまでに泣き崩れるだろうか。

己は顔を上げ、四匹を見回す。皆、首を傾げた。

「あの子が書いたの？　素敵なお話じゃない」

キヌは言うが、しかしそれ以上の感想は出てこない。他の猫達も同様だ。果たしてこれが、己達が猫であるが故に人の書いた物語に感情移入出来ないだけなのか、それともあの北星の感性がどうかしてしまったのか。まるで分からなかった。

しかも北星は、ただ泣いただけではない。己達の鋭敏な耳は、二階に逃げたあいつの立てる音を全て拾う。くぐもっているが、ハッキリと泣き叫んでいる声が聞こえた。

枕に顔を押し付けて、咽《むせ》び泣いている。

いつも不敵に微笑んでいるあの魔女が、無様《ぶざま》に、子供のように。

己は何と言っていいのか分からず、ただぼんやりと天井を見上げていた。

四

その翌日、北星は再び来店した円に感想を伝えた。何処を直せばもっと良くなる、というアドバイスは一切口にせず、ただ良かったと思うところだけを拾い上げ、褒め千切《ちぎ》った。円は顔を輝かせ、それから二、三週に一度は新作を持ってくるようになった。冬休みに入ると、持ち込みの頻度が上がった。それでも相変わらず、北星は決してアドバイスの類は口にせず、ただ褒めるだけ褒め続ける。そしてそれがどんな内容であろうと、円の物語を読む度に彼女は嗚咽《おえつ》を漏らしていた。まるで、彼女の小説を読むことが苦痛であるかのように。

以前、ルルが己に言っていた言葉を思い出す。あいつはこの北斗堂で、呪いを掛けられているのだと。

そしてカアが、己が無視するのも構わず一方的に話し掛けてきたこともある。

「魔女は本当に、感想しか言わないんだな。僕でも『こうやったらいいいんじゃない？』って思うところがあるのに、絶対口にしないんだ。理由を訊いたら、『まだその時じゃない』って言ってそれ以上理由は教えてくれない。変じゃない？　ねえねえ、クロは何か知ってるの？　ねえ、あんなに文字をスラスラ読めるなら色々分かるだろう。ねえ、教えてってばあ、ねえねえねえ」

全く、本当にうるさい。

ひたすら無視を貫いて、言いたいことだけ言い終わったら気分が変わって何処かに行くのがこのカアという猫の気まぐれな性分だが、それをただ耐え忍んで待つしかないのはほとほとうんざりする。その無邪気さが、北斗堂で皆から特に愛でられている理由でもあるのだろうが、いい加減にしてもらいたいものである。

あそこまで無邪気なあいつでは、「感想」と「助言」の区別をして言葉を相手に伝えることなど出来まい。つくづく、あいつの言葉が円に理解されなくてよかったと、己ですら思ってしまう。

己はカアが抱いたその疑問——何故、魔女は円が書いた小説にアドバイスを与えないのか、という疑問に対する答えを持っていた。

北星の言ったという、『まだその時じゃない』。それが答えだ。

今は、何でもいいから物語を考え、書き、形にするのが楽しい時期だ。自分が好きなようにやって、自分の世界を自由自在に作り、操り、締めくくる。その作業が楽しくて仕方がないのである。

そこへ不用意に大人が介入し、ああしろこうしろ、ここを直せ、あそこを書き変えろと口を出した日には、きっと嫌になってしまう。それをしていいのは、少女が物語をもっと上手に書き表し、もっと広く人に読んでもらいたいと願い、その望みを魔女に向かって口にした時だ。それまでは、ただ見守るのが正解なのである。

知った風な口を、と口を尖《とが》らせる者も居るかもしれぬ。だが己は、腐っても『九つめ』である。人の文字を読むだけに終わる愚物《ぐぶつ》ではない。これまで八つの命を生きる中で、物語やその書きっぷりを評する程度の知見はある。わざわざ執筆などという無益なことをする気力など無いが、あの娘に何をしてやるべきかを考え、弁《わきま》えるだけの知恵はあった。

何より己は、あの男の飼い猫であった。偉そうに物語の記し方を多少論じる権利の根拠について、これ以上に雄弁な事実はあるまい。少なくとも他の猫達よりもずっと、創作という行為そのものへの造詣は有しているつもりである。

だが、そうして創作という営みを理解すればするほどに、人間が呆れた愚物に思える。ただ食って寝て生きられればそれでいいものを、自らを苦境に立たせ、もがき、命を削る時さえある。全く、理解に苦しむ生き物だ。

しかし、それを目指して苦悶する連中は、何処か眩《まぶ》しい表情をする。あの男がそうだったように。

そんな茨の道を進もうとすることが素晴らしいのかどうか、己には分からない。だが、進むと決めたのならば己が関知するところではない。

何にせよ、苦痛の前には喜びがある。物語を紡ぐ、という喜びを享受しているあの小娘は今、そこで楽しんでいる。それでいいではないか。

その先に尚も進もうとするか、そこで止まるか。

その答えを知るのはもう少し後のことだろうし、その答えを出せるのは己や猫共でも、ましてや北星でもない。

円というあの少女本人が決めることだ。

春になり、今年は早く咲いたの桜が駅に続く通りを彩り、人間達は頭や肩に花弁を付けて歩き回る。己を始めとする北斗堂の一行も、公園に咲いた桜の花弁を体に付着させて心地よい陽気の下、昼寝をしたりすることが多くなった。

そんな或る日のことである。

店番してて。そう言い捨てて魔女が駅前の薬局まで買い物に出掛けた。他人が見たら、常軌を逸した言動だと思われるだろう。実際、どうかしている。猫に店を任せるなど、一体誰が想像するだろうか。

しかし、ここは北斗堂である。猫にレジ打ちは出来ずとも、万引き防止程度なら十分に役目を果たせるのだ。

店番をしている……もとい店で寝ているのは、己の他にルルとカアだ。キヌとチビは何処かへ出掛けてしまった。公園か近くの塀の上で、日向ぼっこでもしているのだろう。

ともかく、すっかり暖かくなった陽気の中、店の外でちらほらと舞い落ちる桜の花びらを眺めていると、男が一人やってきた。木村である。

開け放たれた店の入り口から、魔女が居ると判断してのことだろう。スーツを妙に丁寧に着て、大分かしこまった様子である。今日は平日だが、昼を回ったこの時間に、こいつは何をしに来たのだ。

「あれ、北星さんは居ない？」

答えを求めぬ問いを投げ掛け、木村は己達が寝転がるカウンターまでやってくる。ふう、と溜め息をついて己に手を伸ばそうとしたので、唸ってそれを拒絶してやる。こら、とカアに窘められたが、構うものか。己は、体裁ばかりを取り繕っているこの男が気に入らないのである。

そんな己の態度に驚いてからフンと鼻を鳴らして、木村は特段抵抗を見せないカアへと手を伸ばし、その喉を撫でてやった。ゴロゴロと小さく声を出し、カアはされるがままだ。そうして、木村は独り言を続けた。

「なあ、俺さ、転勤になったんだよ。北海道まで」

蝦夷《えぞ》の方か。ご苦労なことだ。己には関係の無い話だ。そう思って目を瞑ったままぼんやりと声だけを聞いていたが、徐々に木村の声は弱々しくなる。

「来月から、もうここには来られなくてさ。北星さんと会えないって思うともう今しかなくて……なあ、北星さんは俺と来てくれるかな。すぐじゃなくてもいい。一緒に傍に居てほしいんだよ、あの人に」

己達はどうでもいいのか？　どうでもいいんだろうなあ、その口ぶりからすると。

己は木村という男を改めて見下した。

大体、こいつは猫を愛でるようでいて、全く己達を気遣わない。撫でる手付きや仕草の端々から、愛情というものが感じられぬのだ。道を歩く人間達にことあるごとに撫でられ続けている猫の勘を、舐めてもらっては困る。

こいつは北星にいい格好をする為、或いはあいつに好かれる人間であろうと見せかける道具として、己達に触れ、可愛がるフリをする。木村自身は上手く取り繕えているつもりかも知れないが、八つの命を生きた己にはすぐ分かる。カアは、優しいとも間抜けとも言えないほどに他人を信頼してしまうから、気付かないだろうが。

こいつにとって北星以外の存在——己達猫のことなどは、どうでもいいのだ。

だから、己はこいつを忌避している。それを大人気ないと言って、カアは優しく、好きなように自分を撫でさせている。

愛玩動物は、飼い主のステータスになる。今で言えば、猫一匹を満足に飼育出来る時間的余裕、病院代、飯代、保険代、その他諸々。自らの時間と金を削りながら、彼らは己達猫の面倒を見る。しかし連中にはそれをしようと思える、心に決めたものがあるのだ。そんな覚悟を決めて、己ら猫を飼っているはずだ。

だが、この男にそんな覚悟は無い。それでいて、猫を五匹も抱えている北星と番《つがい》になろうとしている。こいつは己らを、あの魔女と近付く為の道具としか見ていない。

――己は、お前が嫌いだ。

そう言ってやりたかったが、しかしそれを伝えられるのは己ではなく、北星だ。己は、カアを撫で続ける木村を鬱陶《うっとう》しく思いながら、魔女の帰宅を待ち侘びる。

十分くらいは経っただろうか。店の前に、薬局から戻った北星が現れた。「おや」とカウンター前でカアを愛でる木村を見付け、いらっしゃい、と愛想のいい接客スマイルで彼を迎える。

今日はどんな本を探しにきたんですか？　そんな当然の世間話に似た質問をするが、木村はそれに答えず、カアから離れて北星に向き合い、口を開く。

自分が北海道に転勤になること。気軽にこの店には来られなくなったこと。自分が、北星を好きであるということ。今すぐは無理だろうが、いつか自分の所へ来てほしい、それまで何度でもこの本屋に来るつもりだということ。

それらをほぼ一息に伝えて、木村は古風に交際を申し込む。

でも、頭を下げる木村を見下ろす魔女は、全く嬉しそうじゃなかった。

悲しいとも、呆れたとも言いづらい、奇妙な表情を浮かべている。

「ごめんなさい。そのつもりは無いんです」

逡巡《しゅんじゅん》する時間さえも無く、即答した。え、と絶望と困惑がない混ぜになった表情で、木村は顔を上げる。

「私は、この場所を離れるつもりはありません。ここに居なければならないので」

「あ、あの！　本屋を続けるなら、新しくテナントを見付ける手伝いも、猫達の面倒を見るお手伝いも……」

「そういうことじゃないんです。私は、この店を出られないんです。ここだけが私の居場所なの。猫達と居るこの場所が」

「そんなにこの店が、大切ですか。なら、続けましょう。お願いです、俺についてきてください。絶対幸せにします」

「店も、猫も、本も——何より私自身が、ここ以外では生きていけないの。お願いですから、分かってください。そして……もう、来ないでください」

ここだけが、私の居場所。

確かに魔女は、そう言った。この北斗堂だけが、魔女と己ら猫の居られる場所だと。

もっと綺麗で広くて、人の来そうな場所を見付けることが出来るならば、そっちの方が余程いいのではないか。北星は、何故この店にそこまで拘《こだわ》るのだ。

会話が気になり、じっと二人の姿をカウンターから見ていると——ぞわり、と身体中の毛が逆立つ不気味な気配を感じた。殺気立った、剣呑《けんのん》な気配である。

ギョッとして素早く周囲を見回すが、北斗堂の飼い猫達は誰も己を見てはいない。勿論、それ以外の生き物が己を睨んでいるわけでもない。ただ、店の書架に飾られたあの掛け軸——墨壺を持った奇怪な鬼のような翁が、己を睨むようにしていた。

視界の隅で、木村が振り返るのが見えた。顔を向けると、あいつも北斗堂の店内を見回し、視線を彷徨わせている。僅かにだが、その表情には困惑と……怯えた気配が見て取れる。あいつも、北斗堂から漂う言い知れぬ何かを感じたのであろうか。

ごめんなさい、と最後に北星は深々と頭を下げて、困ったような笑みを見せて、振り返らずに店内へと戻り、座敷の奥へと引っ込んでしまう。

木村は呆然と立ったまま、やがて舌打ちをして憎悪の表情を一瞬だけ浮かべた後、足音も荒く駅の方へと去っていった。


その日の夕方にまた円が小説を持ってきて、それを読んだ魔女が少し泣いて。

いつもと変わらぬ夕飯と夜ののんびりした時間が終わり、北星は早めに床に就いた。電気の明かりが消えた暗闇の中で、己は所在なく、店内の平積みにされた本の上で丸くなり、物思いに耽る。

そんな己を、今夜も今夜とて後ろ脚二本で歩き回り、ノートに何か印をつけていくルルが見付けた。

「お前も、手伝うか」

馬鹿なことを言いやがる。冗談だということは理解出来るが、こいつの話し方には抑揚が無く、常に一定した調子なので、冗談だか本気だかいつも分からない。答える代わりに、己は別のことを質問した。

「昼間の魔女の、この店を出られないという話は、どういう意味だ」

「前にも言っただろう。呪いだよ。本と関わり、本に殉じなければならないのさ、あの人は」

「納得出来ると思うのか、その説明で」

「本人と話せと言っている。私から話しても、お前は納得しないだろ？」

「嫌だ。絶対、見返りに己の身の上話を要求される」

「分かっているじゃないか。だが、何の不満があるんだ？　減るもんじゃないだろうに」

「あいつとの思い出は、己だけのものだ」

恥ずかしげもないそんな己の言葉を意外に思ったのか、ほう、とルルは感嘆の声を漏らす。そうしてクスクスと笑い、また本棚の見回りに戻り、床に置いたノートに印を付けていく。

「いいじゃないか、別に」

と、カウンターの上で眠っていたカアが目を覚ましていたらしく、己を嘲笑《あざわら》う。

「何だお前。邪魔をするな、寝ていろ」

「いやいや、とてもいい夢を見て気分がいいんだ。目覚めたばかりだけど、この愉快な気分のまま話させてくれよ」

「夢？」

「ま、そいつは今、どうでもいい。大切なのは、俺達はあの魔女に大切にされてるってことだ。だから、恩を返してやってもいい」

また「恩」だ。カアは何かと、恩だの義理だのを口にする。北斗堂の猫の中でも、こいつが北星に最も献身的だ。ルルの真似事をしてか、晩酌にまで付き合ったことがあるらしい。全く、酔狂《すいきょう》なやつだ。己は言い返す。

「阿呆なことを言うな。己ら猫が狡猾《こうかつ》だから、人間を利用してやっているんだ。返す恩義なんて無い。いい加減、理解しやがれ」

だがカアの奴は、「よく言うね」と呆れた風に声を出し、首をもたげた。

「クロ。お前はどうして、他人を信用しないの？　お前に名前を与えた飼い主との絆《きずな》が強過ぎるのか。それとも、前世で散々な目に遭い過ぎたが故の絶望かい」

「浅薄に生きるお前らなぞに、分かるものか」

「ああ、確かにお前ほど、経験豊かに生きてきたわけじゃないだろうさ。でも、お前が北斗堂にやってきてだいぶ経つ。こんなに一緒に過ごしてきてもまだ、お前は損得やら優劣やらに拘って、俺達や魔女と過ごすつもりかい？」

己は答えない。ルルは、我関せずという風にノートにチェックを入れ続けている。カアは続けた。

「情が深ければ、大切にしてもらえる。大切にされたら、また義理を果たしてやりたくなる……人と『飼われ』の関係ってのは、そういうもんだ。優しくしておいて、損は無いよ」

「甘ったれるな」

「甘えじゃないよ。この店に来た時点で、俺達は普通の猫とだいぶ違う。そんな場所で助け合える関係が築ければ、より快適になれるぜ、って言いたいんだ。一匹で寂しく食べる飯も、つまらないだろ？」

「はん。弱っちい人間みたいなことを言う」

「さて。弱いのはどっちかな……ともかく、考えておいてくれよ。誰かの為に義理堅く生きるってのも、案外悪くない。己は昔々、義理を果たしたぜ」

「義理？」

「ああ。気持ちよかった。お勧めするよ」

言って、ふふ、と悟ったようにカアは笑った。己は頭だけ持ち上げて、カアの目を真っ直ぐに見る。

「どんな義理だ」

「ふむ……それを話すには、俺に真名を与えた飼い主のことを話さにゃならんね」

カアは懐かしむように、話を始めた。「名前は、稲垣足穂《いながきたるほ》と言ったよ。厳《いか》めしい顔に似合わない、まるで少年みたいな人だった。そして芸術家肌で、売れなかった。見かねた師匠の手さえ振り払うような気難しい人だったが、猫にはとんと甘い。原稿用紙の上で飼い猫が寝ればじっと待ち、座布団を奪われても決して邪魔者扱いしない。仔猫が暑気《しょき》あたりでグッタリしてたら、ずっと傍で心配しながら面倒を見ているような人だったが……どうやら、あの人には罪悪感がずっとあったらしい」

「罪悪感？」

「幼い頃、仔猫を二度ほど、手に掛けたことがあるのだとさ。悪意があってかは知らんけど、晩酌をしながらよく零していた。『だから機会があれば償いをせねばならん』てな。……でも、でもな。俺にはあの人が、そこまで苦しまなければならない人には思えなかった。真冬、古井戸に落ちた猫を助ける為に飛び込んだこともあったくらいだ。それに、あの人は俺を保護した後、それはそれは手厚く面倒を見てくれたよ。自分で言うのもあれだが、溺愛されたと言ってもいいと思う。飯のおかずは必ず俺に先にくれた。奥方の分までくれる時もあった――あの人は間違い無く、罪などとっくの昔に償っていたと思う。だから俺は、あの人の望むことを幾らでもやろうとしたし、やってきたつもりだ。でも、最後の最後で一つ、心残りが出来てしまってな。今も悔いている。お前にも、他の猫にも、魔女とあんな別れ方はしてほしくない……」

話を続けようとした、その時だった。

つん、と己の鼻を刺激する匂いが、何処かから漂ってくる。とても甘く、蠱惑《こわく》的な香りであった。

突然降って湧いたようなその匂いに、己は敏感に反応した。体を起こし、しきりに周囲を確認するが、匂いの元は分からない。

ルルも匂いを感じ取ったようで、二足歩行を止め、ぐるぐるとその場を回り始めた。カアもしきりに周囲を見回し、困惑した様子を見せている。

香りは徐々に己の頭の中にも広がり始め、どうにも落ち着きを取り戻せなくなる。そして夕飯は食べたばかりだというのに、妙に腹が減り始めた。

何かがおかしいと思いつつ、己達はフラフラと、匂いの元を追い始める。どうやらそれが店の外から漂ってくるらしいということに気付いた己達は、裏口から外へ出た。カアが声を漏らす。

「何だよ、この匂い」

「分からん」

だが、どうにも判断力が鈍る。ハッキリと物を考えられぬ。それでも本能は、匂いを求めて体を動かした。

そうして、己らは夜道に出る。北斗堂の表へ出ると、匂いは一層明確な形を持ち、己達を包み込んできた。

もう堪らず、己らは走り出し、碌に周囲も見えなくなったまま匂いに向かって一心に走る。匂いの強い方へ、強い方へと。

そうして、その匂いが発せられる大本、匂いの塊に到着する。どうにも気持ちがよくなって、体を制御し切れぬのは困り果てた。だが、そんな戸惑いもすぐに失せた。この匂いが好きで、甘美で堪らぬではないか。ああ、あの魔女は何故コレを与えてくれないのか。

「……お前達が居るから、あの人は」

男の声が聞こえた。誰の声だったか。

ああ、木村の声だ——気付いた頃には遅く、木村は、手にしていた野球ボールサイズもあるガーゼの包みを握り潰す。カシュ、と木の実が砕けるような音がすると同時に、あの芳醇で蠱惑的な香りが一層強くなり、もう堪《た》えられなくなった。何も考えられず、己達は夢中になって木村の手中にあるそれを奪おうとする。爪や牙が触れる前に、木村はそれを足元の地面にばら撒いた。

己らはそれに殺到する。ガーゼから溢れるそれを漁り、夢中で食らおうとする本能的衝動は、全く抑えられなかった。

そうして、匂いの正体を思い出す。これは、マタタビだ。大昔に一度、嗅がされたことがあった。そうだ、以前にもこうして誘《おび》き寄せられたことがあった。あれは幾つめの命の時だったか。悪徳ブリーダーが野良猫を集め、金儲けしようとしていた時に……。

記憶が掘り起こされた瞬間、ハッとして我に返り、己は顔を上げた。遮断されていた光が、音が、一気に己の感覚器へ流れ込んでくる。

同時に聞こえてくるのは、カアの悲痛な叫び声だった。

——木村がカアを捕まえ、その細い首をギリギリと締め上げていた。

「畜生風情が……お前らが居るから……！」

絞《しぼ》り出すような怒りの言葉が、木村の口から溢れ出る。必死で抵抗するカアの前足の爪が、木村の手首と手の甲に幾つもの切り傷を付けた。それでも木村は力を緩めず、人よりも小さく細い猫の首をどう絞めればいいものか探りながら、何度も指を組み替え、力を込め、カアを殺そうとしていた。

己の体がようやく動き、全力で木村の手に噛み付くのと、ごりっ、という不快極まりない音がカアの喉から響くのは同時だった。

そこから、己の記憶は飛び飛びになった。

木村が己とルルに向かって摑み掛かり、カアにそうしたように息の根を止めようとする。己と、正気に返ったルルはどうにかそれを躱しながら、繰り返し木村の腕や顔に飛びかかり、引っ掻き、噛み付き、怪我を負わせていって。

己が木村の耳たぶを噛み切り、ルルが喉元を爪で切り付けて、ようやく木村は逃げた。今度こそ、もう二度と、北斗堂には来ないだろう。

……だが、それがどうだというのだ。

カアは、もう動かないというのに。

己らは、倒れ伏したカアの体を何度も、何度も舐めた。それでも、カアは動かない。

ニャア、と懇願するように鳴いて呼び掛けてみたけれど。

やっぱり、カアは動かなかった。


あの癇癪持ちとの最後の記憶は、はっきりしない。ただ、病に罹《かか》ってしまった己は、男との別れがとても悲しかったことを鮮明に覚えている。

自分の死期を悟った己は、惨めったらしく弱々しくなってしまった姿を見られるのが嫌で、或る九月の日、静かに物置の方へ向かい、仄《ほの》かに暖かい竈《へっつい》の上で眠り、そのままひっそり、誰にも見られぬ内に死んだ。

あの男に自分の死ぬ姿を見られるのが、とても心苦しかった。永遠の眠りに就く己の顔を見るあいつの顔が容易に想像出来てしまって、それが耐えられなかった。だから、誰にも見られず死ぬことを選んだのだ。

初めて人に飼われて生きたその『三つめ』の一生は、幸福だったと言っていい。

だから至極当然の結論として、『四つめ』の人生も飼い猫として生きたいと願った己は、時世柄殺伐とした空気で張り詰めた街を、新たな主人を求めて彷徨った。

そうして、あの男のように付かず離れずの距離を保ち、しかしあいつと違って癇癪を持たない物静かな男の家に飛び込み、厄介になることにした。

男は、亮吉《りょうきち》と言った。

あの男の影響を何となく受けてしまったのだろうか、俳人を自称する彼がいい、と特段の強い理由や根拠も無く考え、あいつの家の軒先に飛び込み、この度《たび》もなあなあで家に居着くことに成功した。

しかし、高浜の奴を心の師と宣《のたま》う亮吉だったが、残念なことに俳人としての才も、作家としての才も無く、ついでに言えばいっぱしの日本男児としても未熟だった。肺病を患い、兵役に就けなかったのである。

亜米利加《アメリカ》や英吉利《エゲレス》と戦争をしていた当時、健康な男は皆戦争に駆り出されて国の為にと立派に死んでいった中で、亮吉は女子供や老人のように――否、働くことすら満足に出来ない軟弱者として、世間から疎外されて生きていた。

生きることは、亮吉にとって辛かったのだろう。己を飼おうと決めたのはきっと、そんな日々の辛さや自分の苦しい境遇を、少しでも和らげたいという思いがあったからかも知れない。己を飼い始めた当初、優しく己の頭を撫でるあいつには同情したものだ。

だが、そんな個人の感傷など受け入れられる時代ではなかった。総力戦の名の下に、国家が全てを奪った時代である。金は無く、飯も無く、ましてや重い持病を抱える人間に優しく出来る心の余裕など持てるはずもない。

戦況が悪化し、国民が疲弊するにつれ、己の存在は、亮吉にとって慰めとはならなくなった。最初は己を温かく迎えてくれたこの男は、次第に己に当たるようになったのだ。

飯を与えてくれなくなった。飯をねだってニャアと鳴くと、喧しいと怒鳴って強く引《ひ》っ叩《ぱた》かれた。日向で昼間寝ていると、俺への当てつけか、と癇癪を起こして食器やら本やらを己に向かって投げつけてきた。

何かの拍子で怒り狂ってしまった亮吉が日本刀を取り出し、我を忘れて己の尻尾の先を切り落としたこともあった。簞笥《たんす》の上に怯えて逃げた己を見て、我に返った亮吉が女々しく、子供のようにおいおいと泣き始めたのを、酷くハッキリと覚えている。

許しておくれ、許しておくれ。

何度もそう言ってきたあいつのことを、その時だけはもう一度信じてやりたいと思って、まだ家に残ってあいつと一緒に暮らしてみたけれど。

それから一週間と経たない内に、あいつは己の首を絞めて、殺そうとした。木村がそうしたように。

……あいつは、それでも可哀想な奴だったと思う。世間に見放され、自分に俳人としての才能が無いことを痛感しながら、その現実を直視出来ずに逃避を続けていたあの男を、何故か心の底から恨み、憎むことが出来ない。

だが流石に、命の危機に直面することが連日続くようになってからは、もう無理だった。耐えられなくなった己は、失意の内にそのまま家を飛び出した。

亮吉と別れてから三日が経ったその日、空をＢ－29の編隊が飛び、東京は焼け野原になって。己は爆風と爆炎に巻き込まれ、何処とも分からなくなった東京の焼け野で、またもや屍《しかばね》を晒《さら》した。

動かなくなったカアの傍で、己達はただ鳴き声を上げ続けることしか出来なかった。

動く意思の無い体は酷く重く、己とルルだけで、亡骸《なきがら》を咥《くわ》え引き摺《ず》るなどして北斗堂まで運ぶのは、不可能だ。

ルルが走って北斗堂に戻り、北星を呼びにいく。彼女が北星達と戻ってくるまで、己はただ、まだ温かいカアの隣に座り込み、ニャア、ニャア、と鳴くことしか出来ぬ。

ふと、亮吉のことを思い出した。あいつも、木村と同じ心の弱さを持っていたと。

どうにもならない現実に対する怒りや嫉妬を、自分より弱い誰かを傷付けることで紛らわせようとする。本質を見失い、迷い、益の無いことをする。自分の心の中に居る、理想とする自分の姿をひたすらに追い求め、いざ現実という壁にぶつかったら、理想を守ろうとして現実の方を壊してしまうのだ。

嗚呼《ああ》、なんて身勝手な連中だ。なんと不器用で、愚かしい。

現実に生きる肉体がある限り、何処かで妥協し諦めて、やり過ごす以外に上手に生きる道は無いと言うのに。

この、暴風雨のように心の中で吹き荒《すさ》ぶ感情を、己はどうしたら良いのだろう。その怒りを何処に向ければいいのか分からない。ただ、ぽやんとした雰囲気とのんびりした言動で己達を惑わせ、北星をいつも微笑ませていたカアの姿だけが、繰り返し脳裏をよぎった。

ピクリとも動かなくなってしまったカアの体を己の姿と重ね合わせ、どうにかして心を落ち着かせようとする。幸福に生きることよりも、無惨に死んでしまうことの方が、己にとっては身近だったから。

血相を変えてルルと共に駆けつけてきた北星は、動かないカアの前で膝を突き、ボロボロと泣き始める。そっと優しく体を抱きかかえ、しばらく背を丸めて声を殺し、嗚咽《おえつ》を漏らした。

木村がやった、と己とルルは伝えた。もうあいつは二度と来ないだろう、ということも。北星は言葉を発さず、ただ黙っていた。

事件にすることは出来ない。猫の証言を信じる人間は、この魔女をおいて他に居ないからだ。木村の姿を誰も見ていないのでは、他者の信用も得ることは出来まい。

そして木村と距離を取っていた北星は、木村の居場所も、連絡先も知らない。ただ己達に残されているのは、死んだ猫を丁重に弔う。ただそれしかない。

口惜しい。

それでも、己は己で、諦めてしまう。

人間とは所詮そういうものだと、今まで散々体験し、理解したつもりである。カアは運が無かったのだ。そう思うしかない。何度も何度も人間に失望して無惨な死を繰り返していく中で、己はそういう風に考えるようになってしまったけれど。

しかし北星はどうだろう。ただ葬儀を執り行ない、丁寧にカアを焼いてもらい、霊園に納骨をする。カアに関する不幸は、それでお終いだ。木村に怒りをぶつけることも出来ず、ただ枕を濡らすだけで、この魔女は耐え忍ぶことが出来るだろうか。

円には、カアはふらっと居なくなってしまった、とだけ伝えた。伝える北星の声は少し震えていたが、円はまだその言葉の機微を察することが出来ないと見えて、気落ちした風だ。しかし、少女は無邪気に訊く。

「帰ってくるよね?」

「そうね……うん。また戻ってくると思う」

「まい子《ご》のはりがみ、作る? 私、手伝うよ」

健気《けなげ》にそう答える少女の目を見ながら、少しだけ唇を震わせて、それでも気丈《きじょう》に微笑んで、北星は言った。

「ううん。大丈夫。きっとすぐ帰ってくるから。賢い子だもの……」

カアの、恩を返す、優しくする、という言葉を思い出す。

この、小さな子供を悲しませまいと強く在る女を、多少なりとも慰めてやるくらいなら、してやってもいい——己は、そんなことを考えた。


円の持ってくる小説は、当初の十数枚程度のものから、今や五十枚前後の長さにまでなっていた。文体も成熟し始め、より豊かな表現が出来るようになっていた。

今日もそれを一通り読み終えて涙を拭いた北星は、カウンターの椅子に座りながらぼんやりと店の外を見ている。その横で、己とチビは並んで、北星の放り出した円の原稿を読んでいた。

そんな折、ふと北星が口を開く。

「二十七」

「うん？」

「二十七匹、私は今まで猫と一緒に暮らして、見送った。でも、老衰や病気、事故以外で死んだのは、今回が初めてなの」

カアのことか。己は察し、原稿から顔を上げて北星を見上げた。無表情に近いその顔から、彼女が何を考えているかは読み取れぬ。

どうしたらいいと思う？　首を動かし己の方を見て、そう北星は尋ねる。だが己は答えられなかった。

「気を紛らわせたら？」

チビが、考え無しに言う。馬鹿め。思ったが口にせず、己は北星の反応を見る。彼女は苦笑して、「そうだねえ」とのんびり答えた。

「カアはね、『二つめ』の時、飼い主の身代わりになったんだ」

と、魔女は遠い昔を思い出すような調子で話し始める。

……話を聞くと、二つめの命を授かった時、カアはあの夜話していたところの、稲垣足穂という男に飼われることになったと言う。「カア」とはそこで与えられた真名で、文字通り猫可愛がりされた。カアの話していた、男の抱いていた過去の罪悪感についても同じようなことを、魔女は語る。だが次に魔女が話したのは、あの夜己に聞かされぬまま終わった話の続きだった。

カアの二つめの命の最期は、火事によって閉ざされた。

夫婦の外出中に家が火事に遭い、カアはその火事に巻き込まれて死んだ。しかし、窓が開いていたにも拘わらず、あいつは逃げなかったそうだ。歳も行っていたということで逃げ遅れたのかと思われた、という。

「家族は、自分達の身代わりになってくれたと証言したそうだよ。けれど、足穂は決して、許されたなどとは思えなかっただろうね……あんなにも心を通わせていた猫だったのに」

過去の過《あやま》ちで死なせてしまった猫。自分の手の届かぬところで死んでしまった愛猫。

男が猫を大切にしていた思いは、カアの話で嫌というほど伝わった。カアが男を心から慕っていたことも、嫌というほど理解した。

なのに、不本意な形で別れてしまった一人と一匹。

『お前にも、他の猫にも、魔女とあんな別れ方はしてほしくない』

カアの言葉を思い出す。

流石に今度は、その言葉を鼻で笑ってあしらうことも、無下《むげ》にすることも出来ぬ。しかしそれでも納得しきれぬものを胸に抱き、己は思わず言葉を零した。

「どうして、そこまで」

どうしてそこまで、人間を思いやれるのだ。そんな呟きに対し、キヌが答える。

「そこまで、してやりたかったのさ。飼い主の為に……お前には、まだ分からないだろうねえ。辛い一生ばかりだったみたいだから、主従の愛情が何か、答えられないだろう?」

言われて、己の心に新たな怒りが湧いた。

主従の義理を尽くす関係は、その一方の死が美化されねばならぬのか。

そんな過去の生き様があったが故にあいつは北斗堂に招かれ、その死をなぞるように、今再び犠牲になったというのか。北星を救う為に。

北星はそんなこと、望んでいなかったというのに。

愛情だと？　ふざけるな。己は誰にも与《くみ》するものか。

誰かの為に生きて、誰かの為に死ぬなど、己は御免だ。

後にも先にも、あの男以外に尽くすつもりなど、ヒゲの先っちょ程も無い。

己は無言で魔女と猫共を睨み、しばらくしてフイ、とカウンターから飛び降り、店を出た。

――誰かの為に、死ねというのか？

じゃあカアは、死ぬ命運《さだめ》にあったのか？　北星の身代わりになって？

幾らカアの死が天命であったと自分に言い聞かせても、その不条理さと理不尽さが消え去ることはない。憤りを抱いている事実は変わらぬ。

不都合が起きたら己達に役割を押しつけ、自分を納得させる道具にする。そんな身勝手な人間の犠牲になる生き方など、真っ平だ。

己は決して、そんなものになりたくない。


次の日から、今まで適度に距離を取って干渉を控えていた北星の奴が、時々己に近付き、ふいに体を撫でるようになった。

カアの居なくなった寂しさを紛らわす代替品にされていることはすぐ分かったので、そんなことをされても困る、と己にしては丁寧に、だが毅然として断った。最初はそれで納得し離れてくれた北星だったが、一週間も経つとまた己に触れようとする。

嫌だと言われたことを繰り返し試みるのは最も嫌われる行為だぞ、と強く窘めると、肩を落としながら別の猫を撫でに行く。そんな光景を見ていると、何だか己が悪いことをしたように思えて、不快だった。

桜が完全に散り、梅雨に突入しても、北星は己の方をしきりに気にする様子を見せた。しかし辛うじて理性と己の言葉を歯止めとしているのか、実際に撫でようとはしてこない。居心地の悪さを覚え、しかし連日雨の降る屋外に出る気にもならず、己は仕方なく、他の猫共と並んで眠るのを日課にする。

そんな折、目を閉じながら小さな声で、キヌがそっと囁いてきた。

「いい加減少しくらい心を開いたら？」

「余計なお世話だ」

「あの人も寂しいのよ」

「知ったことか」

「貴方、ここに来て何年目？　あの人の中身が思ったよりだいぶ子供っぽいことは、もう分かってるでしょう？　一人で立ち直れるほど、あの人は大人じゃないのよ」

そう言われて、ほとほと呆れてしまう。キヌは嘆息して、続けた。

「前も訊いたけれど、貴方、子供は？」

「居た命もあった。だが答えた通り、子を持つことに思い入れなど無い」

「子供を亡くした時は？」

「……子育ては、しない」

「でも、自分の子供が目の前で死んだと考えてみなさいな——その小さな胸の中は、どんな気持ちになるかしら」

分からない。どれだけ言われても、己にはそれを想像し、推し量ることが出来なかった。

無言になった己のことを勘違いしたのか、まるで慰めるように、キヌは己の頭を舐める。

普段なら「やめろ」と文句を言ってやるのだが。

この時己は、何も言わず、ただされるがままに任せた。


気まぐれだ。これは己の気まぐれだ。

自分に言い聞かせ、己は以前よりも、北星の奴と言葉を交わすようになった。

と言っても、日に二回か三回程度のものだ。それでも、数日に一回しか口を開かなかった今までに比べれば、己としては大分饒舌になった方である。

柳のように浮ついて飄々とした魔女の言動も、元に戻りつつあった。ふと、まだ何処か寂しそうにはしているが。

いつまでも死んだ者との思い出を引き摺り、永遠に憂鬱になる必要など無い。立ち直るのが早いか遅いか、それは猫である己には分からないし、早々に冷静になってしまう己ら猫がその是非を問うこともしない。ただ、魔女が不自然に外を気にすることは増えたように思って、何となく理由を尋ねた。

「また、新しい子が来るんじゃないかって思うんだよ」

言われて、己が来た時のことを思い出す。そう言えばこの女は、まるで己がやってくることを知っていたかのように待ち構えていた雰囲気があった。

魔女が眼鏡を外す。眼鏡チェーンから下がった、枡のチャームが胸元で揺れる。

そうして彼女は椅子に寄り掛かり、体を預け、ぼんやりと店の外の道路を眺める。

——そして、或る年の夏。

燦々《さんさん》と照る太陽の日差しがアスファルトを焼く屋外は、肉球が火傷してしまうのでもう出歩けない。この季節は毎年、六畳間に敷いた冷感シートを四匹で取り合う日々が続く。みんなの分は買ったでしょ、と窘める北星の奴は分かっていない。風の通りや僅かな貴重な冷たい風が抜ける場所は限られており、そこが至上なのである。一台しかない扇風機の風を独占して満足している人間の女に、己ら猫の気持ちが分かるものか。

しかしそんな暑さの中でも本能を刺激してくるオモチャに振り回され、己とチビが北星に遊ばれている時だった。

円が、半月ぶりに北斗堂に足を踏み入れた。

二年半近く着続けた中学の制服は、あの幼かった子供の面影を僅かに残すばかりの彼女の体にようやく似つかわしくなった。細く白い腕が抱き締める、原稿を挟んだクリアファイルだけが、出会った頃の記憶と目の前の少女とを結び付けていると言ってもいいほどに。

後ろで束ねた髪が、この湿度と気温でうざったそうだった。

「おかえり」

家でもないのに、北星がそう挨拶をしてしまう。それだけ円は北斗堂に馴染んでいる。彼女も「ただいま」と答える。

「塾帰り？」

「いえ、委員会の仕事があって」

「ああ、夏休み、そろそろ終わりだものね。受験勉強ももっと本格的になるのかな」

「実は私、高校推薦なんです。早ければ九月には結果が出ます」

「へえ、良かったじゃない。じゃあまた、小説が書けるね」

満面の笑みで北星がそう言うと、しかし円は緊張から顔を強張らせた。足元に擦り寄ってい
たルルとキヌを撫でる手を離し、立ち上がって真っ正面から北星と向き合う。

そんな円に気付いているのかいないのか、前回持ってきた原稿の感想を伝えようと、カウン
ターから北星が原稿を取り出す。それと同時に、円が意を決したように話し始めた。

「あ、あの！　相談があって」

「はい、はい」

北星は微笑みながら、落ち着いた声で返事をし、姿勢を正して続く言葉を待った。

元気に満ち溢れていた今までの円と違い、その時はしおらしく、自信なげだった。言葉に詰
まり、不安そうにしている。基本的に我関せずを貫く己も他の猫も、彼女を気にしてじっと見
つめた。

ややあって、遂に円は口を開いた。

「私、作家になるつもりです」

その言葉を聞いた瞬間、己の脳裏にあの男の後ろ姿が蘇る。

文机で胡坐を掻き、背を丸めて筆を走らせ、名も無き猫の物語を書いていた男。

生きるのに必要の無いことを、しかしそれが生きる糧であるかのように大切にしていた、癇癪持ち。

――この娘も、あの男と同じ道を進むのだろうか。

北星は、じっと少女を見つめる。少女もまた、しかと北星を見つめていた。そうして、少しだけ声を震わせながら続ける。

「あふれ出して、止まらないんです！　こう、何というか……書きたいなっていう気持ちとか、もうこれしかないっていうか。そんな気持ちが強くなってて、もう止められないんです。その、ほら、自分自身の、あの……」

言葉に詰まりながら両手でろくろを回す円に、優しく北星が促した。

「『自分自身を表現する手段が小説しかない感じがしてる』、かな」

すると、パッと顔を上げて円が目を輝かせ、強く何度も頷く。

「そう、それです、それです！　私の考えとか、見てるものとか、綺麗なものを見て感動した心とか、悲しいことがどれだけ辛かったかとか、何がどれだけ大切かとか――自分の伝えたいことを一番上手く伝える手段がもう……物語しかないような、気がして……」

弱く、迷いの残る言葉。しかしそれでも顔を上げ、確固たる意志を感じさせる瞳の光を向けて、宣言する。

「もう、小説を奪われたら、私の中に何も残らなくなるような気までしています」

「円ちゃん、教えてあげる。それはね――『呪い』って言うんだ」

北星は、憐れむような、しかし慈《いつく》しむような声で言う。

まるで、嘗ての幼い自分を見るかのような、静かな目で。

「物語を紡《つむ》ぐ呪い。物を創り出さなくてはいられなくなるという呪い。失ったら、心の支えも無くしてしまいかねない、人生を賭けた呪いだよ……それでも、書きたい？」

問う。円はその答えに、躊躇わなかった。

「書きたいです……小説が、上手くなりたいんです」

それが、彼女の選んだ言葉と決意。

分かった、と魔女は即答し、微笑んだ。

五

子供は苦手である。だがこれでも、円という娘と長い間付き合うようになって多少はマシになった方だ。あいつと出会う前まで、子供は大嫌いだったと断言出来る。

己が『五つめ』の命を受けたのは、高度経済成長期も末の頃である。

この時代、特に己が思うことはない。世界大戦などというくだらぬ争いをしていた時と変わらず、人はあくせくと働き、いや、より一層忙しそうに動き回って何やかんやと金を稼ぎ、あっちこっちにビルを建て、街をどんどんと派手にしていった。

爆弾で自分の体を吹っ飛ばされるような時代を生きた己が、次に産まれたのがそんな燦然《さんぜん》たる時代だったから、その変化には戸惑うばかりであった。車がそこら中を走り回り、空気も水も、そして何より人間が汚らしくなったので、己はこの一生では人間の厄介にならない方がよさそうだ、と決めた。亮吉の所為で人が少し怖くなったというのもある。

ついでに言えば以前の時代ほど、人間は野良猫に愛想を振り撒かなくなっていた。ゴミを漁り、喧騒を避けるように生きる薄汚い野良猫を愛でる奴も、確かに珍しいと言えば珍しいだろうが。しかしそれにしても、世間は野良で生きる犬やら猫に厳しかった。己が愛でられていた頃のような、心の余裕を持てる奴が極端に減っていたように思う。

戦争の穢《けが》らわしい、忌々《いまいま》しい記憶を忘れようとするように、連中は遮二無二《しゃにむに》働いた。戦禍で焼け野原となった首都を立て直す為に、精一杯の努力をして生きた。その努力は認めようと思う。

しかしそんな人間共の心は、下手をすれば戦時中よりも貧しかったように思う。失われたものを取り戻そうと躍起になるその姿勢は、時に痛々しい。

自身や、或いは家族の幸福の為に、身を削り、命を縮めた。その結果がもたらす社会的な経済成長を、連中は美談として語り始める。それは己から言わせてもらえば、明治以来掲げられた富国強兵のスローガンと大差が無い。

人の生活圏から一歩引いた場所から連中を観察するようになって、そうした社会構造に気付くようになると、己の中からどんどんと人間に対する興味と好奇心が薄れていく。いつかは誰かと共に生きてやろうという望みも、段々と失せていった。

何より、連中はだいぶ傲慢になった。それが、己には我慢ならなかった。

人間の品格についてとやかく言うつもりは無い。しかし、金で頬を叩いて相手を動かし、自分の思うがままに事を進めようとする様子を何度も目にしていると、どうにも品性下劣なところが垣間見《かいまみ》えてしまい、付き合うには肌に合わぬ。何せ、あの戦争を生き抜いた軍部の役人や財閥連中が図々しく、のうのうと生きている世の中である。皺寄せを押し付けられ、豊かさを夢見てまた馬車馬のように働けと言われる大多数の国民の心が荒み、己がそれを嫌うのも、至極当然の流れである。

何のことは無い。力や爆弾が金に代わり、狡猾さに拍車が掛かった。誰かの為に、身をやつして体を壊すまで働く。戦中も戦後も、己からして見れば大きな違いは無かった。

人間は猫のように、いつの時代も変わらぬ優雅さ、スマートさを持ち得る存在ではないのだと、己は気付き始めていた。

それでも己は、『四つめ』であんな散々な目に遭ったというのに、何処かで人を信じようとしていた。そう思ってしまう原因には、必ずあの男の姿があった。あいつは、猫と人間が共に暮らす時間の尊さを教えてくれた。その光景が、脳裏に焼き付いて離れないでいるのだ。

だからその日の夕方も、悪餓鬼共が集まっている空き地の土管の中で微睡《まどろ》んでいた。連中の騒ぎ声が聞こえていたから、警戒はしていながらも睡魔に勝てず、うつらうつらとしていた時のことである。

「おい、猫がいるぞ！」

餓鬼の一人が叫んで、乱暴に己の尻尾を摑んで土管から引きずり出そうとした。

突然の暴力に混乱し、恐怖し、己は必死に逃げようとした。前脚を振り回し、小僧の腕と顔を強《したた》かに引っ掻く。当然の抵抗だったが、餓鬼はそう思わなかったらしい。激昂《げっこう》し、「病気持ちめ！」と謂れの無い暴言を口にして、仲間と共に己を袋叩きにした。

落ちていた太い木の棒や大きな石で何度も己を殴り、頭蓋の骨が砕けて動かなくなった後、連中は近くの川へ己を放り投げ、各々家へと帰っていく。捨てられた己の体は、工業廃水で一等汚れた水の中に沈み、そのまま死んだ。

当時、大抵の悪餓鬼はこんな感じだった。この時に出会ってしまった連中が、とりわけ酷かったというだけの話。

理不尽で、不条理であった。それこそ、一方的に爆弾を落として去っていく爆撃機と、何ら変わらぬ凶暴性である。だが己の一生はこれまで、そんなことばかりであったから、この頃からやや達観してしまったきらいがある。

ようやく己は、誰か人間に対し、過度に期待することを止めるようになった。

そいつは己と同じ、秋も深まった頃にやってきた。

北星が店の前の落ち葉を掃除していると、突然、左右に動く箒を獲物のように追い始める猫が物陰から飛び出てきたのだ。

白い体毛のそいつは、己と同様、最初は摩訶不思議で得体の知れない魔女という存在を警戒し、距離を置いていた。が、美味い飯にありつけるということを知ると、いともすんなり北斗堂という場所を受け入れてしまった。あまつさえ、あっさりと自分の真名さえ教えてしまう。

白猫は、ジイノと名乗った。

この適応の速さは経験の浅さからくる短慮かと思ったが、どうやらそうでもないらしい。ジイノという猫は、自分の愛くるしさをしっかり武器にしており、猫という生き物の社会的な位置づけと、それが人からどう思われるかを十分に理解し、利用している節がある。だいぶしたたかな生き方をしている奴だった。すぐに北斗堂に馴染んだ柔軟さを見ていると、未だ頑《かたく》なに意地を張っている己が馬鹿らしくさえ思えてくる。

腹立たしい。なんだってあいつは、北斗堂に居ついてすぐ、客間のど真ん中であおむけで寝そべって昼寝するまで図々しくなれるのだ。野性は何処に行った、野性は。

先輩風を吹かせたくて仕方のないチビは、そんなジイノに偉そうに説教を垂れた。

「先輩の僕に遠慮とかしないのか！　敬えよ！」

「ハチワレさん、そんなカッカせんでも。お互い可愛い顔同士、仲良くやりましょ」

「え、うーん」

馬鹿なチビは、そんな見え見えのおだて文句に乗せられ、容易に心を動かし、意見を変えてしまう。いつまで餓鬼のままでいるつもりだ、あいつ。呆れた己は、ジイノと意識して距離を取ることにした。

それ以降、ジイノは何かと周りに媚びた。猫か北星かは問わず、ただ愛想を振り撒き、相手の懐に入っていくことに執心していたと言ってもいいだろう。その媚態《びたい》の最たるものは、北星へのおねだりだった。

「旦那さぁん。儂《わし》、火鉢が欲しいわ。もう今のうちにでも買《こ》うてやぁ」

「火鉢？」

「あれ、好きですねん。儂、寒いのがどうも苦手で」

「ウチにはもう炬燵があるよ」

「電気炬燵でしょ？　あんなもん、よう分からんくて嫌やわ」

本当に、身勝手な奴だった。

おねだり上手のジイノは、遂に北星に火鉢を買わせやがった。奇妙に熱いくせに、触れてなかったら己ら猫にとっては特に有り難みのないデカブツでしかないものを。

だのにジイノは火鉢の縁に両脚を乗せて、ふう、と一息ついて気持ちよさそうに眠りやがる。北星も、店と客間の仕切り戸近くに置いておけば自分も暖かい、と言って重宝している。代わりに、いつも使っていた電気ストーブの電源を落としてしまったので、己やルルは大いに不満だ。そんな己らを見て魔女はニヤニヤしながら、「おいでよ」と毛布を掛けた自分の膝上をポンポン叩く。ああ、洒落臭《しゃらくさ》い。一方、ジイノはますますつけ上がる。

「ええでっしゃろ、ええでっしゃろ、これ。ナハハハ！　昔これにな、前脚ぃ乗せて、気持ちよぉしてただけやんのに、可愛い可愛いて家人全員、儂を褒めるんですわ。もう最高最高。何がいいいって……」

うるせえ。黙って火に当たっていろ。

その後もジイノは、飯の質やら水の温度、寝床の毛布の肌触りにまで注文をつけ、遠回しに自分の要求を押し付けようとすることが増えていった。

年の瀬も近付いた或る日、おい、と己はようやく口を出した。どうにも我慢がならなかったのだ。

「お前、我儘《わがまま》が過ぎるぞ。ちょっとは加減をしろ」

「おやおや、クロさんじゃないですかぁ。まあ、そうカリカリせんで、一緒にのんびりしません？」

ヘラヘラ、くねくね。北星とは違う意味でのらりくらりと言葉を躱し、自分の都合のいい方へと話を運ぼうとするジイノの話し方。しかし、己はその手に乗らなかった。

「人間相手に好きに振る舞うのは、別にいい。猫だからな。狡猾に生きるのもいい」

「どうも。ね、せやからクロさんも……」

「だが猫相手に同じことをして、どいつもこいつも籠絡《ろうらく》出来ると思ったら大間違いだ」

「そんなこと言わずに、一緒に……」

「少なくとも北斗堂じゃ、チビの阿呆は別にして、お前の浅知恵には誰も乗らんぞ」

己はジイノの言葉を無視し、己のペースで会話を進め、ひたすらに捲《まく》し立てた。自分のペースに巻き込んで主導権を握ろうとする手合いには、逆にこっちのペースに呑み込んでしまえばいい。自分の思い通りの会話が出来ず、相手は狼狽《うろた》え、言葉を失っていく。強引なやり方ではあったが、己ら猫達が生活するリズムを崩し続けているこの若造には、丁度いい薬になるだろう。

案の定、饒舌だったジイノの言葉が少なくなっていく。己は自分の話すペースは崩さず、ゆっくりと、畳の上で仰向けに寝転がるジイノに話し続けた。

「媚を売りたきゃ、売ればいい。だが己ら猫にそれが通用すると思うなよ」

「……はあ、それやからクロさん、アンタ死に続けたんでしょう？」

声のトーンを落とし、遂にジイノが毒を吐く。「何回生きたか分かりませんけど、偉いんですかそれ？　要は、死にやすい生き方ばっかしてたってことでしょ？　儂、まだ『三つめ』やねん、『三つめ』。それだけ上手く生きてきたんですわ。アンタと違ごて」

北星も猫共も、己がどれだけ数多《あまた》の命を生きたことを鼻に掛けようと、それに価値を見出さない。連中は、己の生きた八つの命ではなく、「今」を生きている己という猫の生き様しか重要視しない。

「この北斗堂は、他とは違う。己の生きた過去も、誰かの過去も、一切関係無い。あるのは、今だけだ」

よく回る舌だ。だが生憎、今更生き死に程度の話で容易に腹を立てるほど、生ぬるく命を費やしてきたわけでもない。己は毅然とした態度のまま、ジイノを見下ろして言ってやる。

だからルルやキヌは嘗て、己に怒ったのだ。己が今、ジイノにそうしているように。

それを、この傲慢な猫にも理解させてやりたかった。

北斗堂とは、そういう場所である。他でもないこの己が、それを痛感している。

己の全く変わらぬ態度と言葉に何か思うところがあったのか、少し耳を伏せて己を警戒し、ジイノはそれきり喋らなくなった。

夕飯を済ませ、フン、と鼻を鳴らしながら火鉢の縁に両脚を乗せて眠るジイノを尻目に、己は炬燵の中に潜り込み、丸まった。

暗闇の中にキヌも入り込んできて、己の傍で同じように体を丸める。そうして、小声で話し掛けてきた。

「お前もだいぶ、分かってきたじゃないか」

「何だよ」

「ふふっ。別に、何でもないよ」

うざったいやつだ。思いながらも己はその場を動かず、キヌから離れずじっとしていた。


漢字を多用する必要は無い。

一段落は長くても二つか三つの文まで。

物語全体の一割が終わる前に、導入や下準備は済ませておく。

凝った文を作るより、読者に分かりやすく読まれることを意識する。

特段の理由が無ければ、最初の一ページの中で時代・場所・主人公の年齢と性別をハッキリさせる。

大きく物語全体を起承転結に四等分し、簡単な文章で設定を短くそれぞれ書き出し、徐々に肉付けして文字を増やしていくとプロットを作りやすい。

――北星はそうした技術的なことを中心に、円に小説の書き方を教えた。それはまるで、執筆業に長く携わってきた人間が身に付けた知識と技であるように見える。そして高校に進学した円は、一層多くの言葉と技術を吸収し、表現の幅を広げていった。

何故、魔女がそれを可能としているのか。己にはよく分からない。しかし彼女の言葉には、確かな重みがあるように聞こえた。

円は自我を押し通そうとすることもなく、素直に北星の言うことを聞き、執筆に取り入れているようだ。毎月、北星から出されたお題に合わせて書く原稿用紙三十枚分の物語には、教えられた技術やアドバイスが常に生かされ、徐々に文章が成熟していくのを感じさせられる。

それに伴い、円の話し方も変わり始めた。辿々しく、手探りで選びながらやっと自分の感情と考えに適切な言葉を見付けるような話し方から、語彙も増え、流れるような言葉遣いで、自分の感情や考えを表現する話し方へと変わっていく。月日と共に成熟していくその言葉は、少女に年齢以上の深みや奥ゆかしさ、そして豊かな感情の起伏を与えていく。少なくとも、己の目にはそう映った。

成長しているのだ、という実感がその様子から垣間見えるようになった。

北星は、以前ほどではないがやはり小説を読んで泣いている。そのことを悟られぬように、心を平静に保ちながら、自分を慕う少女を正面から真摯に受け止めていた。その姿を見る度に、何故こうも親身になるのだろうかと疑問に思う。

ジイノも、多少なりと他の先住猫と上手くやれるようになった。相変わらず傍若無人で厚顔無恥ではあるが、誰かに迷惑を掛けることもない。ただ、チビ以上にうざったいことに変わりはなかった。己は、人懐っこい態度で円に撫でてもらおうとスリスリと身を寄せていくその白猫にやはり腹が立ったし、そんなあいつを撫でる円を見て、どうにも歯痒《はがゆ》い思いをしていた。

「撫でてもらえなくなって、不満か？」

「……そういうことじゃない」

「ふむ。何にせよ、気になるなら言えばいい。不満は、腹を割って話して解消するに限るじゃないか」

ルルは、月明かりに照らされる店の中で、そう言った。己は、図々しく北星と共に二階の寝床で眠るジイノの顔を思い出し、むっとしたまま無言を貫く。ルルは続けた。

「まあ、馴れ合いが嫌なら距離を置いて関わらぬのが一番だ。私は、どうとも思わないけれどね」

「あんたはいつもそうなのか？」

「何が？」

「いつも淡々としてる」

そう見えるか、と鼻で笑い、ルルはノートを閉じた。

「これでも、日々を明朗快活に過ごしているつもりだよ」

「冗談。いつもつまらなそうだ――何だって毎週、店の手伝いなんてするんだ。売れる本の数なんてたかが知れているんだ、数えなくたっていいだろう」

「いや、これは必要なのだよ。何せ、北斗堂のことだからね」

また奇妙な言い回しをする。己にとっての不可思議は、全てあの北星という人間の存在に集約されている。なのにこの猫は、寧ろ北斗堂という店の方が謎めいているかのように語るではないか。

その理由を問うと、後ろ脚を畳んで座った姿勢で、ルルは北斗堂について話し始めた。

「不可思議なのは、魔女自身ではない。寧ろ、あの魔女を囚《とら》えているこの北斗堂の方だ。あいつが呪われ続ける為に、この店はあらゆるまじないを掛けてくる」

「まじない？」

「魔女はこの北斗堂で暮らす限り、決して病に罹らない。しかし一日でも遠出をしようものならたちまち体調を崩し、やがて立てなくなる。あいつを生かさず殺さず囚え続ける為に、必ず本を買う客がやってくる。そして、売れた分の本は必ず週末、店の棚に補充される――」

己は、ルルの話している言葉の意味が分からなかった。しかし言われてみれば確かに、己が来てからこの店の本は一向に減る気配が無い。

「いや、しかし……」と己が困惑していると、ルルが更に続けた。

「お前が来てからのこの七年で、魔女が本の買いつけに出掛けたことが一度たりとてあったか？」

無い。残念だが、そう即答出来てしまう程度に、己は北星の生活を知っている。チッ、と舌打ちをして、己はプイとそっぽを向いた。

「化け物屋敷じゃあるまいし、何が呪《まじな》いだ」

「案外、お前の想像を絶する狡猾な化け物かも知れないよ？　知れば知るほど、驚くことばかりだから。前にも言ったがね、これはあの女に科せられた呪いなのだよ。一生本に囲まれ、本に取り憑かれた人生を歩まなければならぬ呪いだ。本を愛するあの魔女にとって、それこそが苦痛になる……」

眠たげな口調になっていくルルの声が、どうにも癪に障《さわ》る。苛立ち、己はそっぽへ向けていた顔を再び上げ、ルルの方を見た。

「いい加減に……」

さっさとあの魔女についてお前の口から教えろ――そう言おうとした言葉は、続かない。

ルルが、店の冷たい床に倒れていた。

カアが力無く倒れた、あの日のことを思い出す。己はバッと立ち上がり、大慌てでルルへと駆け寄った。飛び降りた衝撃で、平積みにされていた本が何冊か、バサバサと床に落ちていく。気にせず、己はルルの傍で脚を止めた。

「ルル！」

必死に呼びかけ、前足で彼女の体をつつく。すると軽く唸ってから、ルルはゆっくりと頭を持ち上げる。その姿に、ホッと安堵した。

「うむ。少し疲れたかな」

そう言いながら、床に落としたペンをいつものように、爪と爪で挟んで持ち上げようとする。

が、その前足はペンの十センチ以上手前で空《くう》を切る。己はハッとした。

「お前」

「ああ。最近、目が霞み始めた……夜目が利くから大丈夫とは思ったが、ちょっとな」

「あの女、こんなになってるルルに人間の仕事を……！」

激昂しかけた己に、しかしルルは今度こそペンを取り、ノートと一緒に平積みの本の上に置いて言う。

「こら、口が悪いよ。これは、私から申し出たことだ」

「だけど、お前」

「なに、これも年だ。誰もが直面する、仕方のないことだよ。お前も『九つめ』なら、嫌というほど理解しているだろう。でも私のしている仕事は、本屋にとって地味だがとても重要な仕事でもある……おお、そうだ。クロ、お前、私の仕事を引き継がないか？」

己は、いつの間にか老け込んでしまったルルの声を聞き、居《い》た堪《たま》れなくなった。

己ら猫は、人間のように汚くない。裏切ることはしない。敢えて遠ざけることはあっても、一度出来た信頼や関係を反故《ほご》にする真似は、決してしない。

ルルという猫は、偉そうに話し、保護者ヅラをして説教を垂れることもある、気に食わないやつだ。しかし、北斗堂の中で己を含め、他の猫共を平等に、丁寧に観察し、面倒を見ているのもルルだった。己らは、それを知っている。

「……やるよ」

答えると、ルルは今まで見たことがないくらいに穏やかで、優しい顔を己に見せて、微笑んだ。


次の夜から、己はルルに「手ほどき」を受けることとなった。

一旦引き受けはしたものの、実際には安請け合いだったたか、と後悔もしている。

まずルルが己に教えたのは、後ろ脚で人間のように立つ方法だった。

「まあ、最初はお尻がついていてもいい。長時間、直立の姿勢でも大丈夫なバランス感覚を養おう」

ルルは何処か楽しそうに、夜の月明かりが差す薄暗い店の中で己にそう教える。あまりにも滑稽で無様なので、己は誰にも、その光景を見られたくなかったのだ。昼間に、人間のように立つ練習をするなど、屈辱の極みである。

前脚を揃え、後ろ脚を畳んだ普通の巻き座りから、ゆっくり体を上に伸ばす。床から前脚を離し、浮かせると、あまりのおぼつかなさに不安になる。

最初は、一分も姿勢を維持できなかった。前脚の支えが無いだけで、体が不安定になるのだ。ものの本で読んだ、プレーリードッグのような立ち方である。全く、屈辱的なことこの上無い。

「おい。本当に必要なのか、後ろ脚で歩くのは」

文句を言うと、ルルは淡々と答えた。

「前脚が手持ち無沙汰《ぶさた》になるというのは、複雑な動きをする上でとても重要なのだよ。人間を見ていれば分かるだろう。ペンを握るにも文字や記号を書くにも、前脚は必要だ」

「でもあいつら、歩きながら何か見たり読んだりして、やたら人や物にぶつかってるぞ」

「それはただの馬鹿だ。気にするな」

よく分からぬ。『八つめ』の頃には殆ど人を観察しなくなったからだろうか。最近の人間の行動についてなど、ついぞ気にすることもなかったが。

そうして更に数日が経った頃、どうやらルルは、北星に練習のことを話したらしい。彼女は己とオモチャで遊ぼうとする時、決まってそれを己の頭上、高いところでヒラヒラと、さも可笑《おか》しそうに動かすようになった。竿の先に紐で繋がれ、鳥の羽と毛玉を組み合わせた、己ら猫の狩猟本能を刺激するあのオモチャだ。それを楽しそうに、高い位置で振り回す。今までは己らが飛び掛かりやすいように、畳の上をヒョイヒョイと跳ねるようにすることが多かったのに。

自然と己はその疑似餌《ぎじえ》を追う為、後ろ脚で立ち上がらざるを得なくなり、結果として後ろ脚で酔いどれ踊りを披露しているような格好をすることが多くなった。チビの奴は、その様子を見てケラケラと楽しそうに笑いやがる。

「やめろ、馬鹿魔女！」

「えー？　楽しそうじゃないか。嫌なら止めていいのだよ？」

ミャー！と叫んで文句を言うも、しかし北星は楽しそうに微笑むばかりであった。

そんな魔女が、ルルに夜の書庫整理をさせているということに、もう腹を立ててはいない。

彼女は事を軽く見ているわけでも、仕事を押し付けているわけでもないというのは、すぐに己も理解出来た。

何せ夜、尚も仕事を続けようとするルルに対して、北星はその場で平伏し、涙を流し、声を震わせながら「もう休んでくれ」と嘆願したのだから。

形ばかりの演技に過ぎない土下座と、感極まって自然と出てしまうそれの違いは、よく分かる。祈るように指を組み、額を畳に擦りつける北星の姿を無下にすることは、ルルも望んでいない。ルルはその日から、仕事を中断した。

土下座をされた次の日から、ルルはいつもの平積みされた本の上ではなく、北星の膝の上で眠ることが増えた。時々、事情を察することの出来ないチビやジイノがその場所を代われとねだることがあるが、北星は無言で微笑み、ルルの特等席を譲ることはしなかった。

己の他にはキヌだけが、ルルのことを察しているらしい。お節介焼きの雌は、言葉少なにそんな一人と一匹を遠巻きに見守っている。

付き合いは長いのか、と己はキヌに尋ねた。すると、己と並んで炬燵の布団を被って体を丸めていた彼女は、遠くを見て思い出すようにして答える。

「そうだねえ。私と、ほぼ同じくらいに北斗堂に来たかな？　歳は、彼女の方が上だけど」

「昔からあいつは、変わらないのか」

「ふふ。変わらないね。でも少し丸くなったかな――あいつは黙ってるけど、ここにやってきた当初はだいぶ尖ってたよ。貴方とよく似ていた」

そいつは初耳だ。己は耳をピンと立て、聞き役に徹する。

「達観しているというか、冷めた奴でね。とても利口だから、人のことも猫のことも、自分が予測したことの範囲を出ないものだと思い込んでたよ。自分は全て分かってる、関わるだけ無駄、ってね」

その態度が己のそれと似ている、と言われているようで、少々座りが悪かった。でも、とキヌは続ける。

「時間を掛けて、魔女さんと話を聞いたらね——それまでの命の中で、人に裏切られ続けていたって答えたの」

己は、何も言えなかった。

「唯一優しく受け入れてくれたのが、『二つめ』の命の時に出会えた作家さん。晩酌を一緒にしたこともあるって。とても、とても大切にしてくれたそうよ……今でも、事あるごとに思い出しているとか」

その言葉を聞いて、己もあの男の後ろ姿を思い出す。最初に思い出すのは、いつだって後ろ姿だ。文机に向かい、物語を筆の先に乗せて走らせる、あの男の後ろ姿。

きっと、ルルも。

「魔女はね、怖がらなくていいよ、って言ったの。あの冷たい、人と関わらない態度が、人を怖がっているように見えたのね。ルルはそれからいつも、あの人の傍に居る」

それが、あの二人の話——そう言って、キヌは話を締めた。その後に己に説教をするものだと思っていたから、彼女が何も言わず、ただいつもそうするように己の頭を舌で舐めるだけだったことに、驚く。

ザラザラとした感触を額に感じながら、己はルルと初めて出会った秋口の頃を思い出した。あの冷たい、何もかも見通していると言いたげな態度。呆れるような物言い。けれど、北斗堂に来るよと言い置くことを忘れない心遣い。

……あれは、己を見下していたのではない。

過去の自分を、己に見ていたのだ。

ならば、ルルのあの言葉は、確かに優しさであった。


そして己が、両の前足や片足の爪を使ってペンを挟む練習を始めた、或る年明けの頃。

学校が冬休みになっても、それが明けた頃になっても、円が店に来なくなった。

北星は火鉢を近くに寄せ、ぼんやりと店の外を眺めていた。明らかに不安の色を滲ませて、所在なげにしている。ジイノはそんな北星の様子を他所《よそ》に、いつものように火鉢に両前脚を乗せて両目を瞑り、のんびりしていた。玄関のガラス戸に、少女の姿は今日も映らない。

カウンター下の引き出しの中には、昨年十二月の頭に円が持ってきた幻想短編小説が収められている。北星が付箋を貼り、丁寧に褒め言葉やアドバイスを書き込んだ原稿だ。彼女は年が明ける前にその作業を終わらせ、円の来店を心待ちにしていたのだが、本人が店にやってこなければ何も進まない。

彼女が、一月《ひとつき》以上も店に足を運ばないなど、今までに無かったことだった。

「お前から行ってやったらどうだ」

あまりに表情を曇らせているのを見るのがうざったくなって、己は柄にもなく助言をしてやる。しかし北星は、気の抜けた顔でぼんやり店の外を眺めたまま、「他所の家の大人が、子供に世話を焼き過ぎるもんじゃないよ」と呟くだけだ。

「怖いのか」

あの子が、離れていくのが。

問うと、北星は黙った。己も、それ以上は何も言わなかった。

静かに降り始めた雪を見て、いつもより遅くまで店の看板を下げたままにしている北星だったが、北斗堂にあの少女はやってこない。真っ暗になった店先を照らす、北斗堂の淡い光だけが虚しい。キヌが、ポツリと呟いた。

「今日も、来ませんねぇ」

「そうだね」

心ここに在らず、という風に、北星も言葉を零す。己もここ数日は、無意識に店の入り口を眺めていることが増えた。

はた、はた、と雪が時々、閉め切った店の玄関のガラス戸に当たる。

夜に降る雪は、美しかった。

「前にも言ったが、北斗堂の本は売れて減った分、増えている」

ようやくペンで歪《いびつ》な丸とレ点を書けるようになった己に、ルルは言った。己は尋ねる。

「客が勝手に捨てに来ているのか?」

「そうじゃない。本当に、知らない内に足されているんだ。だから、在庫の管理が必要になる」

「どういうことだ、分かるように言え」

「大体私は、月に一度、一週間か二週間掛けて、店内の在庫を調べる。売れた本の確認と、万引きされていないかどうかの確認が主《おも》だ。けれど無くなった本の隙間を埋めるように、新しく本が湧いている。いつの間にか、ね」

記録を付けていればお前も分かるよ。そう言って、ルルは器用にノートのページを捲ってみせた。「例えば、ほれ。この『世界珍味探訪録《せかいちんみたんぼうろく》』は二ヶ月前、在庫として旅行記の棚に湧いて出た。こうした本を確認したら、それを抜き出して朝、魔女に伝える。本の名前やら詳しい情報については、魔女が書いてくれるから私達は書かなくていい。やるのはあくまで、チェックだけだ」

簡単だろう? そう言って、ルルは自分の顔を腕で撫でつけ、身だしなみを整えた。己は、狐に化かされたような奇妙な心地のまま、何となく「そういうもの」としてその話を聞き流す。そしてずっと抱《いだ》いていた疑問を口にした。

「おい、やはり魔女に仕事を任せればいいのではないか。己もお前も、これをする必要などあるまい」

肌寒い夜の隙間風が入り込む北斗堂で、わざわざこんな人間の仕事を、己らがやる必要も無いではないか。……ついでに言うと、段々と面倒になってきた。チビやジイノにでも引き継がせたいとも思っているくらいだ。まあ、己以上に自己中心的なあいつらが店の仕事を手伝うとは思えぬし、キヌはルルと同じくらいの歳だから、継がせるなら己だろうという魂胆があるのも理解出来るのだが。

ぶう垂れる己に、しかしルルは珍しく優しい微笑みを浮かべて首を振る。

「私は、お前に継いで欲しい」

「どうして」

「夢を見たのだよ」

「……何処かで、聞いたような話だな」

「カアだろう。あいつもあの夜、夢を見た——だから私には分かる。私は長くない。だからあの夢を見た。そしてその夢が告げたのだ。店の手伝いはクロに任せろと……あの魔女を支えてやるのはクロだとね」

縁起でもないことを。己はルルを睨み、しかし何も言い返せないまま仕事に戻る。

死の間際に見る夢？　馬鹿馬鹿しい。

そう頭ごなしに否定する己ではあるが、しかしあの夜、カアが気持ちよさそうに目を覚ました直後に死んだことを思い出す。

さっき優しく声を掛けてくれたあのルルの顔にも、穏やかな笑みが浮かんでいた。

ふざけるな。これ以上、この北斗堂の思い通りにされて堪るか。何が北斗堂だ。何が呪いだ。何が魔女だ。

——魔女。

北斗堂という店に囚われた、本の虫。しかし、その素性はまるで分からない。

猫にイカれている変わり者という認識だったあの女は、己にいつか、自分のことを語ってくれるだろうか。

北星という人間をもう少し知ってみようか、と奇妙な好奇心が首をもたげ始めた、そんな時期のことである。

久し振りに、円が北斗堂の敷居を跨ぎ、その姿を現した。

だが、一ヶ月以上姿を見なかった、というだけでは説明のつかない、彼女に起きた大きな変化が己達を戸惑わせた。

円の髪は背中の半ば辺りまで伸びていた。年相応の可憐さは持ち合わせたまま、随分大人びたように見える。……いや、高校一年という年齢を考えても、大人び過ぎている。目が据わり、虚空を睨むようになっていた。まだ愛らしさの残る顔立ちだったが、目つきだけが不自然に鋭さを増している。なのに目に光は無く、死んだ魚のようだった。殴られたらしい頬は不自然に赤く染まり、涙を流した痕《あと》がある。

北星を含め、己らは皆、言葉を失くしていた。じっと、双方動けずにじっと佇《たたず》んだままだった。そんな折、一陣の風が吹き、円の髪を吹き上げる。

大人しい、淑《しと》やかな雰囲気の彼女に似合わない、何本ものピアスが両耳に刺さっている。普段は髪に隠れて見えないらしい無骨なピアスは、何かに対するささやかな抵抗の象徴のようで。

呆然としている北星に向かって、ゆっくり、低い声で円は宣言する。

恐らく彼女にとって、苦痛で仕方のない、残酷な宣言を。

「ごめんなさい。私……小説を書くの、やめます」

六

ルルがひっそり、静かに息を引き取ったのは、その年の二月のことである。

毛布にくるまれて魔女の膝の上で体を丸めて眠っていたルルは、夕飯を食う体力も残っておらず、雨の降る夜更け、とうとう目を覚まさなかった。

北星は、徐々に冷たくなっていく柔らかいルルの毛並みを何度も優しく撫でながら、今回もぼろぼろと子供のように泣く。涙を流せぬ己達猫は、ただ黙してその死を惜しんだ。

カアの時とは違う静けさの帳《とばり》が、再び店の中に下りる。火の気が失せたように、どうにも寒くて仕方がない。

そんな物寂しい空気に火を灯してくれる少女も、北斗堂に寄り付かなくなってしまった。

流石に北星も気掛かりになったのだろう、あの日も円に、何があったのと訊いてみたが答えず、彼女は古典文学を一冊購入し、無言で店を後にしてしまったのだ。

徐々に暖かくなる季節だというのに、北星はずっと黙ったまま店番をし、寒々とした空気を肺に取り込み、死人のような顔をして息をする。己以外の猫達は、そんな魔女を気遣っているのか、常に誰かが彼女に寄り添うようにしていた。

店主が気落ちしているのでは、自分達も居心地が悪い。ただそれだけの理由ではあったが、出来ることはそれくらいしかない、ということでもあった。


己は、完全にルルの仕事を引き継ぎ、北斗堂の従業員のようになっていた。

夏が来る頃にはすっかりその姿も様《さま》になったようで、時々キヌが足を引きずりながらわざわざカウンターまで登り、夜中に仕事をする己の姿を黙って見ている時もある。懐かしんでいるのか、見守っているのか、よく分からないが不快には感じない。

ついでに言えば、己が二本の後ろ脚でひょこひょこと歩く姿については、チビとジイノにも見られたことがある。てっきりいつもそうするように軽口を叩いたり己を小馬鹿にするものだとばかり思って覚悟していたが、何も言わず、キヌがそうしたようにただじっと己のことを見ているだけだったのは、正直意外であった。

「あんたが、ルルから仕事を任された猫だってことは、あの子達も理解しているからね」

キヌに言われて、まあそうだろうな、と己は得心し、本のチェックを続ける。今夜は既に一冊、四十年以上前に出版されたホラー小説の単行本が新しく湧いていたので、それを平積みの本の隣に並べて置いた。

気付けば、いつの間にか本が増えているという摩訶不思議な現象に対して、徐々に疑問を持たなくなっていた。初めは、この仕事を滑稽に思って馬鹿馬鹿しくなったこともあった。だが少しでも舐めた態度を取ろうものなら、店の何処からか視線を感じるようなことが何度もあったのだ。

それは、木村が北星に詰め寄ったあの日感じた、恐ろしげな気配に似ていた。その度に己は、壁に掛けられた掛け軸の絵を恨めしく思う。まるで、真面目に働けと地獄の閻魔《えんま》に窘められているような気分だ。実際に出会ったことは一度としてないが、きっと人間でいうところの「上司に見張られているような居心地の悪さ」とは、こういうことなのであろう。

そんな取り止めもないことを考えていると、キヌがぽつりと呟いた。

「改めて実感するねぇ。あんた、やっぱりルルに似てる」

「昔のあいつを知らんから、何とも言えん……あいつも、孤独だったのか」

「あんたみたいに進んで孤立してたというよりは、結果的に距離を置かれてた、って感じがするね。裏切られ続けたって以前教えたけど、それでも人を信じようとしていたよ」

「馬鹿な奴」

「そうだねえ。でもだからこそ、魔女と晩酌をしている姿を見て、とても安心したもんさ」

言われて、ふと疑問に思う。あの女も、孤独だったのだろうかと。

北星は基本的に、誰とも深く関わろうとしない。円だけは例外だが、それにしてもあいつは猫以外と関わりを持とうとしない。友達らしい存在が居る様子も見せない。

あいつは、どんな人生を歩んできたのだろう。

キヌにそれを尋ねようとしたが、止めた。きっと、「自分で訊きな」と言うに決まっている。そういう奴なのだ。

円が店にやってくることが、皆無になったわけではない。それでも、来店するのは月に一度程度のペースになっていた。北星と言葉を交わすことも殆ど無く、ばつが悪そうな、或いは不機嫌そうな顔をして、本を一冊か二冊買っていく。

耳に開けたピアス穴も、また一つか二つ増えたように見える。インダストリアルピアスやシルバーの無骨さを感じさせる耳飾りが、彼女の心の意固地さを強調しているようだった。それさえ無ければ、年頃の娘にしては大人しいとさえ感じさせるほどの出立《いでた》ちなのに。

己は、円らしくない突然の装飾に、今も困惑している。しかしそれ以上に不思議なのは、何故あいつはそれを普段は隠しているのかということだ。あれは、北星の枡のチャームがそうであるように、身に着けていることをひけらかし、自分を彩る為の装飾のはずだ。しかし円は普段それを隠すように、髪を長く伸ばしている。

外見は物静かで従順な様子なのに、真反対な性質の装飾をその下に隠す。それは反骨精神のようにも、臆病さのようにも思える。豊富な言葉と表情で自分の全てを表現していた少女と同一人物とは思えぬほど、今の円は無口だった。

来店時に北星が以前預かった原稿を返そうとしたこともあるのだが、「止めてください」と冷たい声できっぱり断られた。それ以来、原稿はカウンター下の引き出しの中で眠り続けている。

儂のことも撫でなくなった、とジイノもぼやく。構って欲しがりなこいつとしては、それが一番の不満点だろう。が、己ら他の猫が憂えているのは、その点ではない。

——何故、作家という夢に向かってひたむきに走り、目を輝かせていたあの少女が、突然その道を自ら閉ざしたのか。

それだけが、どうにも気がかりだった。

「気になるなら、確かめればいいじゃないか」

キヌが言う。その他人事《ひとごと》のような言い方に、己は少し腹が立つ。

「お前はどうなんだ、不思議じゃないのか」

「そりゃあ、心配さ。突然あんなに変わってしまったんだからね。でも、私ら猫が……というより、他所様が簡単に関わっていい話じゃない。そういうこともあるだろうね」

「ちっ、無責任な奴らだ」

「じゃああんたは、責任を持てるんだね？」

キヌもまた、問い詰めるような口調で威圧的に問う。己は、どういうことだ、と訊き返す。キヌは呆れた様子だ。

「強く願っていた将来の夢もガラッと変えてしまうってのは、いい加減な理由じゃないんだよ。理由を知って、お前はどうするんだい？　その問題を解決してやるのか？　たかが猫のくせに？　あの子が大切なら、背負いきれないものに易々と手を出すもんじゃないのさ……」

「そうそう、止めときなよ」

　チビまでもが、平積みにされた本の上で欠伸《あくび》をしながら反対する。こいつもこいつで何か苦労をしたのだろうか。だが、己の腹の虫は全く治まらぬ。

「己以上に苦しい一生を送り続けた奴など、簡単に居て堪るものか。あの娘は、甘ったれてやがるんだ。親に反発して、いじけてるだけだろうが――」

　悪態をついて、己は店を後にした。猫共の有り難いお説教など、聞いていられやしない。

　己は、苛立たしさを胸にどんどんと店から離れ、駅の方まで向かった。

　時刻は夕刻であった。八月の日暮れはまだ蒸し暑く、道を歩くのにも火傷を覚悟せねばならない。己は日の当たらない裏道や家の隙間を伝い、とにかく騒音の響く市街地へと足を延ばす。

　駅前ロータリーとそこから延びる大通りはまあまあの人気《ひとけ》があるが、そこから一本でも道を逸れれば、一気に人通りが少なくなる。街の中心地は、そんな場所だった。東京にまで出ればもっと人は多いのだろうか。あの病弱な男が当世まで生きていたら、余計に胃を痛めたに違いあるまい。

　嘗ての日々に思いを馳せながら、己は商店街に続く道を進んだ。古びた魚屋の老夫婦が、店に時々やってくる野良猫に魚の切り身をチョイとだけこっそり分けてくれることがある。餌付けをされた他の猫がたまにやってくるのも知っている。勿論、北星には「外で貰う餌は食べるな」と言われているが、何、人間だって皆、ちょっとばかりの悪事を働いて欲求を満たそうとするではないか。口煩《くちうるさ》い北斗堂の連中に対する当てつけだ。己が今日の一日くらい、他所で飯を食ったっていいだろう。

　そう考えて魚屋の方へ歩いていると、買い物に向かう主婦達の中に混じって、遠くに若い女達の声が聞こえた。猫の耳は、その声を鋭く聞き分ける。集団の中に、円の声があるのをはっきりと聞いた。

　己は建物の物陰から頭だけをちょっと出し、駅から続く、商店街の入り口の方をじっと見る。踏切の手前の道から、女子高生の集団がやってきた。全部で、四人。その中の一人が、円だった。

　楽しそうに、彼女らは皆で笑っている。距離が遠く、街の雑音に紛れて流石に談笑の内容までは上手く聞き取れない。円は集団の中でも表情を暗くしており、言葉数も少なげだが。

　やがて集団が徐々に魚屋の方へと近付いてくると、その会話も聞き取れるようになる。円がぼやいた。

「ねえ、アレなんだけど……やっぱり私は……」

「えー、別にいいでしょ。誰も傷ついてねーし、捕まるのは大人の方だし」

「円、マジで金無いの？　稼いだでしょ？　あんなにやったのに。はー、金遣い荒いねえ」

「アレ以上効率のいい稼ぎ無いし、若い内しか出来ないんだからいいじゃん。寧ろ、損でしょ。ほらこれ、私買っちゃった」

　一人が、学生鞄の中の何かを友達に見せる。きゃあ、という円以外の少女達の明るい悲鳴が上がった。

「ヤベー！　限定品じゃん！」

「最強になれるべ？　いいっしょ？　……円もさあ、もうあんた何回目？　いい加減堂々としてなきゃ足下《あしもと》見られるよ？　ウチら貧乏人が平等に幸福になる為に、金持ってる奴から金貰って頑張ることの、何が悪いの？」

「そうだよ。お金要るんでしょ？」

周囲に言われて、うん、と弱々しく頷くも、円は迷いを見せている。「でも……」

そんな彼女に笑顔で腕を回したり抱きついたりし、少女達は笑い、周囲に聞こえる大声で宣言する。

「大丈夫だってー！　何かあったら頼ってよー、友達じゃーん！」

……だが己の耳は、その直後に円の耳元で囁かれる言葉を、聞き逃さなかった。

逃げられると思うなよ――

さっさとまた稼いでこい、ブス――

パクられても絶対私らのこと話すんじゃねーぞ――

そう言うと、少女達は円から体を離し、満面の笑みを浮かべて彼女に手を振り、「じゃあまたねー」と朗らかに言って、去っていく。

その場に立ち尽くす円は、少ししてから嘆息し、路地裏に身を隠す。そしてカバンからウィンドブレーカーを取り出して羽織り、フロントジッパーを閉めて制服が見えないようにした。

円はそのまま、暗い顔で踵を返し、また駅の方へと向かう。電車から降りるサラリーマン達が吐き出される、夕方の駅の方へと。

「ああ、嫌だ嫌だ。汚らしい――」

猫のぼやきが聞こえた。魚屋から餌をもらったばかりの雄猫が、円を睨《ね》め付けていた。

「あいつら、二月前からああやって金を稼いでるんだぜ。全く、人間ってのは……」

そいつの悪態をそれ以上耳にする前に、己は地面を蹴り、無我夢中で来た道を走り、戻っていた。

何も見たくない。何も知りたくない。原因など、理由など、知りたくない。

己はどうにか、あいつを励ましてやろうじゃないかと、偉そうに考えていただけなのに。

己は、何も分かりやしない。

あいつのことなんて。


『六つめ』の命を受けた時も、己は野良猫であることを選んだ。

誰かに寄り添い、人間を信頼して生きることに疲れていたのだと思う。バブル景気とやらに突入した時代の話である。

『五つめ』の時に比べて、人はより一層欲深くなった。どうすればもっと金が得られるか、資産を増やせるかと夢を見て、あっちでもこっちでも金の話ばかりしていた。ヤクザ者が幅を利かせ、地上げで土地を騙し取ったりしていた。

戦争の時と、何も変わっちゃいなかった。力を持つ奴が、弱い奴から何もかも奪っていく。大人が子供を食い物にし、男が女を食い物にする。

円もその犠牲者の一人、ということでいいのだろうか。考えたくはないが、己はあの子の今の状況を見ると、『六つめ』の当時の社会的な状況を思い出してしまって仕方がない。

汚らしい時代の中でも、そいつはとりわけ強欲だった。

ブリーダーを自称するその男は、街の野良犬や野良猫を集め、育て、繁殖させてペットショップで売ることを目的としていた。当時、まだ野良犬も珍しくなかった時代だったから、元手はタダだった。

だが己らをまともに育てるつもりなど、男には無かった。

ペットショップと言っても、男が経営しているのは保護犬や保護猫のシェルターだった。善意から、傷ついたり親を亡くして路頭に迷う犬猫を拾い、世話をするという社会的な立ち位置を利用し、有償で希望者へ動物を売る。男がやっているのは、そういう商売だった。

そして、世話など殆どしなかった。

ペットが怪我や障碍《しょうがい》を負っていても可愛がってくれる、優しい里親は沢山居る。そして元々野良の動物だから、引き渡す時に元気が無くても傷ついていても汚れていても、買い手は納得して引き取るという寸法だ。勿論、引き渡しの際に完了していなければならないワクチンや皮膚病の治療など、するわけもない。

だから己や他の犬猫が放り込まれた畜舎《ちくしゃ》は、酷い有り様だった。

己達を入れたケージは乱雑に配置され、場所によっては二段三段に汚く積まれ、時々崩れて中の犬が鳴き声を上げた。ケージの前に置かれた水皿と飯皿が満たされるのは、一日一回。糞尿は垂れ流しで、悪臭がした。一日中、畜舎のあちこちで誰かが鳴いていた。誰もが泣いていた。声がやむことはなかった。

世話をしに来るのは強欲なあの男ではなく、つかいっぱしりのアルバイトだ。日によって違うが、何の表情の変化も見せずに餌を乱暴に入れていく奴も居れば、泣きそうな顔で申し訳なさそうに餌を入れる奴も居る。だが、結局誰も己らを助けなかった。バイトの誰かが己ら動物の飼育状況に苦言を呈すると、男はその数倍の勢いと怒号でそいつを恫喝《どうかつ》し、脅迫し、夜遅くまで休ませずに働かせた。

野良で居た頃の方が、まだ健康だった。日に日に瘦せていく己と、閉じ込められた狭いケージから見える犬や猫。動物として最低限の尊厳さえも守られない扱われ方。

あの男の目には、己達動物は所詮、消耗品のぬいぐるみや金蔓《かねづる》にしか見えなかったのだろう。

あの畜舎では動物は、搾取されるだけの商品だった。

ただ苦しいだけの日々が続いた。己の視界に入る動物達の中で、幸運にも何匹かは生きている内に引き取り手が見付かり、連れられて行ったが、それ以上の数の犬猫が目の前で死んでいき、腐臭を放ち、やはり誰かの手で運び去られた。

汚物にまみれ、鼻は曲がり、やがて立ち上がる気力も無くなって。

向かいの檻に入れられていた、己よりもずっと小さな体の仔猫が、己よりも先に倒れ、閉じなくなった口からダラリと舌を垂らしたまま死んだ。

弱くて、搾取されて、死んでいく仔犬。大人に、人間に利用され、価値が無くなったら捨てられる仔猫。それが、余りにも不憫だった。

そんな、かすんだ目の向こうに倒れた死骸の姿が、まだ己の脳裏に焼き付いている。

ケージと畜舎の遠くから、赤色灯の明滅と人の騒ぐ声が聞こえたのは、己が男に捕まってから二週間ほどが経った頃だ。己にとって、その救いの手は遅過ぎた。

強い奴が、弱い奴を食い物にする。

金の為に、人は簡単に残虐になる。

それを、よく理解した一生の話。


何も言わずに出ていき、帰ってきてからも何も言わない己に、北星は説教をする。だが己は耳を貸さず、そのまま店に出て、カウンターの上で体を丸めて狸寝入りをした。北星に「あんたご飯抜き！」と言われたが、どの道、あまり食欲が湧かない。これは己にとって憂慮すべき異変であったが、どうしても腹が空かぬのであるから、仕方がない。

その夜は、在庫を確認する仕事もしなかった。そんな己に、珍しく夜遅くまで起きていたジイノが声を掛ける。

「クロさん、どうしたんです。帰ってきてから、元気無《の》うなってん」

己は答えなかった。ジイノは構わず、カウンターに音も立てず乗り上げて己を見下ろす。

「儂、ちょっとガッカリやわ。あのルルさんに目ぇ掛けられて、仕事まで任せられたんに。具合が悪いわけでもないでしょ?」

うるさいな、と思いながら、無視——と言うよりは言い返す気力が湧かず、己はやはり沈黙したままでいる。やがて、一方的に話を続けていたジイノも諦めたのか呆れたのか、途中で何処かへ去ってしまった。

やっと静かになった、と思ったが、今度は沈黙と静寂の向こうで、幻聴が聞こえた。円が己を呼ぶ声だった。

朗らかな、鈴の転がるような声。まだ小学生だった頃の、少女のあどけない笑い声だ。やがてその声は、自分の作品を評価されて喜ぶ成熟したそれへと変わっていく。が、或る時を境に、その声がふっつりと止んだ。

あの子の、泣き声が聞こえる。夜道で迷い、己に連れられ、母親に叱られるかも知れないということにビクビクしていた、純朴な少女の泣き声。

それを慰めてやることは、当時の己も、今の己にさえも出来ない。ましてや、より問題の根っこが深くなった、今のあの子の涙を止めてやれるなど。

今の時代、ああして大人を相手に金を稼ぐ少女達は、或る意味で逞しいと思う。倫理や道徳について、己がとやかく言うことはあるまい。だが、若さを売りにした「商品」は、時間が経てば目減りする。今より若い瞬間は無い。あの女達は、そんな貴重なものを切り売りして金を得ようとする。きっとそれは、いつか心と体に大きな傷をもたらすだろう。暴力や理不尽に苛《さいな》まれる時だってあるだろう。己は、そういう時代を沢山見てきたから知っている。

だから円に、そんな生き方をして欲しくない。

あの子の泣き声に向かって、何か声を掛けてやろうとした。だが、途端に己の感覚は現実感を取り戻し、目を覚ます。居眠りをしていたようだ。

幻聴が終わり、再び店の中に静寂が訪れる。

己は、ふん、と鼻を鳴らし、今度こそ眠った。

夏が過ぎ、秋が深まる。

ようやく少し涼しくなったと思ったが、今年もジイノが早めの火鉢を要求した。店の戸口を開けている所為で寒いのだろう、北星にはそれが丁度いい温度になっているらしいが、己には客間が少し暑い。

今日も今日とて店は閑古鳥なので、来客に撫でられてやるという仕事も手持ち無沙汰で暇であった。己は接客その他諸々をキヌ達に任せ、公園へと向かう。

――と、公園のベンチに円が座っているのが見えた。

平日の昼過ぎに、制服を着たままベンチで一人、本を読んでいる。丸まった背中が、円の孤独を浮き彫りにしているように見えた。以前の街での様子を思い出すとどうにも、今の彼女に近付くのを躊躇ってしまう。

けれど。

目が悪いのか、少し背を丸め、紙に目を近付けてのめり込むように本を読むその姿は、紛れもなく十年前、あの夜の公園で一心不乱に本を読み耽っていた少女のそれと全く同じである。そして、薬を飲むのを嫌って部屋に引き籠り、好き放題に本を読んでいたあの男を思い出させた。

己は少し迷ってから、彼女の座るベンチの隣に飛び乗り、腰を下ろした。

それでもまだ己の姿に気付かないので、にゃあと一声鳴いてみる。そこでようやく、円はハッとして顔を上げ、己を見た。数秒ほどボーッと観察し、ややあって「ああ！」と破顔した。そういえば、昔も同じやり取りをしたな。

「クロじゃん。久し振りだねえ」

読んでいた本に指を挟んで閉じ、空いた方の手で己の顎を撫でる。他人に撫でられるのは、自分で掻くのとはまた違った趣がある。特に円の撫で方はそこそこ己の気持ちの良い場所を刺激するので、直近で足繁く彼女が北斗堂に通っていた頃はそれに甘んじることも多かった。

今、久方ぶりにその上手な撫で方を味わい、他の猫共への優越感を禁じ得ない。

だが己が求めているのは、それではない。円が今の円になってしまった、その理由を知ることだ。

けれど己は猫なので、直接彼女を問い詰めることが出来ぬ。己は偶然出会ったこの機会を逃すまいと、円の隣でひたすらにゴロゴロとしていた。

そのまま、円は一時間以上も公園で本を読んだり、己を撫でるなどした。学校はどうしたのだろうかと不安になるが、彼女はもう以前のように、一方的に己に話し掛けたりしない。自分の心情を吐露し、気を軽くしようとすらしない。猫に愚痴をこぼすことが無駄だという、当然の理性が働いている――働いてしまっている。

それだけ今の円には、心に余裕が無いのではないか。

更に時が経ち、夕暮れが近付いた。遊びたい盛りであろう女学生、もとい女子高生がこの時間まで公園で一人本を読むということが、己にはやはり心配であった。しかしそんな己の思いを知る由《よし》も無く、円は己の頭を何度か撫でると、「またね」と言って去っていく。家ではない、駅の方へ向かって。あの学生鞄にはやはり、あの日のウィンドブレーカーが入っているのだろうか。

己は、今はそれを見送ることしか出来なかった。だから、住宅地の方へと戻ることにする。しかし帰る先は北斗堂ではない。円の家だ。

彼女の家は、北斗堂から道を六回、右左《みぎひだり》と曲がった先にある。塀伝いに行けば、猫の足でもすぐに着く。北斗堂と同じ住宅地、その真ん中にあり、道を何本か進めば四車線の道路が通っている、そんな場所である。立派な一軒家だが、築年数がそれなりに経っているのだろう、家屋下部の塗装がところどころ剝げ始めていた。

己は、神崎家の向かいの家の塀に上り、夜の虫が何処ぞの植え込みで慎ましく鳴く月明かりの下、家の玄関をじっと見ていた。

それから、どれくらい時間が経ったのか分からぬ。が、そこここの家から立ち上る夕餉の香りが消え、食後のテレビを観ているらしい雑音がひときわ大きくなってしばらくした頃、円の足音が聞こえた。己は体を起こし、道に飛び降り、神崎家の玄関先まで歩き、足を止める。

曲がり角の向こうから、俯き気味に歩く円がやってきた。家の近くまで来たところでようやく、己が玄関前に居ることに気付き、目を丸くする。

「え……え？　嘘」

戸惑いながら、円は周囲をきょろきょろと見回した。勿論、北星の姿は無い。円は頭をガリガリと掻き毟《むし》り、うーん、と困ったように唸った。それから一旦腰を落として、公園の時と同じように己の頭を撫でる。よし、よし。それでいい。

ゴロゴロと喉を鳴らし、己は体を円の手に擦り寄せる。参ったなあ、と困惑する円であるが、ここで顔見知りである己のことを無下にするような人間でないことは、百も承知であった。

案の定、迷いはしたものの、結局円は己を躊躇いがちに抱き上げ、ドアの鍵を開けた。

と、その時己はようやく気付く。家には明かりが点いていない。この夜遅い時間になっても屋内は暗く、夕餉の香りもこの家からは漂ってこなかった。

円は一度土間に己を下ろし、自分だけ靴を脱いで急いで洗面所へ向かう。ややあって、濡れたタオルを持ってきて己の足を綺麗に拭き、ようやく上がらせてもらった。

玄関から続く先のリビングは、散らかっている。シャッターを下ろした掃き出し窓のカーテンレールに引っ掛けるように洗濯物を吊るしたハンガーや物干しがあり、仕舞う暇も無いのか、周辺に乾いた洗濯物が乱暴に畳まれたまま放置され、山になっている。テーブルの上にも物が散らかっていて、洗い残しの食器こそ無いものの、そこを綺麗にするという習慣がこの家に殆ど無いらしいという様子を窺わせた。その他にも本や物が雑多に散らかっており、快適な生活環境とは言い難い。

己を抱き上げ、散らかったリビングを抜けて円はキッチンに入る。そこも、北斗堂の台所より一層汚れていた。食器洗いは辛うじて済ませているようだが、水を切り終わったそれらは棚に仕舞われず、大量に放置されたままだ。捨て忘れているのか、勝手口の向こうから生ゴミの臭いがする。

床に己を下ろした円は、無言で冷蔵庫を開け、作り置きのカレーやそのまま突っ込まれた鍋で膨らんだ冷蔵庫から、牛乳パックを取り出す。それを小皿に少量注ぎ、己の前にそっと置いた。

「今日だけだよ？」

優しくぼやく少女を前に、己は何も言えない。もう少しぬるくしてから飲みたいとか、水の方がいいとか、そんな要求をしてもよかったのだが、躊躇われる。言葉が通じる通じないという問題以前に、それをすることに罪悪感を覚えた。

家の生活の何もかもが――己の予想と、違い過ぎた。

ただこの子は、親に反抗しているだけだ、思春期特有の反抗心が健康な成長を阻害しているだけだと、当たり前のように思っていた。それが根拠の無い思い込みだったと分かり、己は酷く混乱している。

結果として恐る恐る、という風になってしまったが、己は顔を小皿に近付け、チビチビと牛乳を飲んだ。

小皿の牛乳を空にすると、皿を流しに乱暴に置き、円は再び己を抱え上げ、二階の自室に連れていく。

ドアを開けた先にある七畳程度の室内は、年頃の娘にしては、驚くほど質素である。化粧道具も少なく、成る程、それだけならば、反抗心から勢いに任せてピアス穴を沢山開ける、年頃の少女の部屋と呼んでも不自然ではない。

ベッドと勉強机と化粧道具の他には、何百冊もの本が本棚や床に積まれているのは壮観だが、飾り気は無い。この時代の同年代の女がどのような趣味や感性をしているのかはとんと分からぬが、しかし円のそれは質素で、歪であるという印象ばかりが残る。

「明日には、北斗堂に連れて行くからね。ここで鳴かないで、じっとしていて。悪いけど、部屋からも出ちゃ駄目。いい？」

本来なら無茶を言うなと苦言を呈するところであるが、真名を持つ『九つめ』である己はそれに容易《たやす》く応じることが出来る。にゃあ、と短く鳴いたのを最後とし、己は円のベッドに飛び乗り、体を丸めて座り込んだ。下の階から運んできた新聞紙やチラシを何枚も重ねて簡易的なトイレを作る円だが、安心しろ、用は既に足している。この家の裏手でな。

……しかし。

円の変化、心変わりの理由が分かるかもと思い入り込んだ場所だが、想定していた様子と大分印象が違うことに戸惑う。朗らかだったあの娘が住む家に、どうにも相応しくないではないか。

家族はどうしたのだ。父親は、母親はどうしている。時計を見ればもう八時を過ぎているのに、家族が帰っている気配は無い。

己は人よりよっぽど賢いので、あいつの言う通りにして、この部屋で明日の朝まで過ごすことは可能だ。だが、それでは意味が無い。

己は、円のことを知りたいのだ。

円が閉めたドアのノブに飛びつき、難なく開ける。己は音も無く廊下を歩き、階段を降り、台所で洗い物と料理を同時に行なっている円の隣を抜けた。散らかった部屋は歩きづらかったが、猫の己がぶつからずに歩くのは全く問題が無かった。

と、リビングの奥まった場所に黒い影が見えた。己が振り返ると、その周辺だけ目を引きやすい理由がすぐに分かる。影の周囲だけは、物が散らかっていない。そこだけが入念に、最優先で片付けられていた。まるで、それだけは決して怠ってはならないとでもいうように。

己は、ゆっくりとその場所へ近付き――そして、見付けた。

仏壇があった。

雑然とした家の中でその仏壇と周辺だけが、綺麗に整えられている。位牌が幾つか祀《まつ》られているが、その中に一つ、真新しい位牌があった。戒名の文字からして、男である。

遺影は、中年の男のそれだった。丁度、年頃の少女の親ぐらいの。

己は、しばらくその仏壇から目を離せなかった。

――背負いきれないものに易々と手を出すもんじゃないのさ……。

キヌの言葉が、蘇る。そして己は、自分自身を酷く蔑んだ。

己は、何を自惚《うぬぼ》れていたのだ、と。

何故同族でもない相手の苦しみを分かってやれると思い込んでいたのだ、と。

その時、家の離れたところから足音がするのが耳に届く。己はすぐに体を動かし、一目散に台所の脇を抜け、音も無く階段を再び登っていく。二階の廊下で腰を下ろして様子を窺っているると、玄関で扉の開く音がした。

「ただいま」

中年を過ぎたらしい、女の声。母親だろう。疲れているのが、その調子から分かった。おかえり、と円が遠慮がちに声を出すが、それに対する母親の言葉は、己の予想から大きく外れていた。

「ご飯作ってたの……？　あんた、もう余計なことしないで！」

「お願い、手伝わせてって言ってるじゃん。私だけ……」

震えている、円の声。それを全否定するように、母親が怒鳴る。

「勉強してよ！　今日も学校行ってなかったんでしょう？　学校からまた連絡あって……お母さん、また謝ったんだよ？　本当にあんた……何回私に恥をかかせれば気が済むのよ、何回！　役に立ちたいなら、学校に行って！　お母さん今からご飯作るから、ほら、包丁置いて――置いて！」

カタン、と音がした後、やや沈黙。

次に口を開いた円の声で、涙を堪えているのが分かった。

「ねえ私、大学とか、いいから。家の役に立つ方がずっと嬉しいし……兄ちゃんも大手に勤めて彼女さんもいて、もういいじゃん。仕送りなんかしてて、それだって兄ちゃんに負担掛けてるし、私、そんなの嫌だ。私も、また稼げたよ。友達の小学生の、家庭教師。ほら、ちゃんと稼げた。私も……」

「友達ってどの子」

「り、りーちゃん……」

「嘘」

――パンッ
体を叩く、乾いた音がした。

己の頭の中で、亮吉の姿が鮮やかに蘇り、ビクリと体が震える。

「あんたがっ……学校もサボって本ばっかり読んでるあんたがっ、他所の子に勉強なんて教えられるわけないでしょう！　何したの――ほら、何したのか言ってみなさいよ！」

パン
パン
パン
「おか、お母さん、痛い……止めてぇ……」

「親不孝者！　大馬鹿！　知ってるんだからね、どうやって稼いだとか、あんたがっ……何してるだとか……！　聞きたくもない！　先月もその前も、家に入れてくれてたお金に感謝して泣いてた私が惨めで悔しくて、馬鹿みたいでっ……！　もう、何であんたは……！」

泣きながら、泣き声を噛み殺しながら絞り出す、母親の声。

途切れない、娘の顔を、体を、頭を叩く音。

同時に己の頭に蘇る、亮吉の暴力の数々。子供が遊び感覚で殴りつけてきた石の痛み。

己は無意識に耳を伏せ、尻尾を丸め、階段からゆっくりと離れてしまった。

――円を、助けたい。

心から今、己はそう思っている。なのに、飛び出すことが出来なかった。

母親の声が続く。

「作家になるとかねえ、出来もしない夢なんて追わないで、大学行って！　行ってくれなかったら、私とお兄ちゃんの苦労が全部無駄！　無駄になるの！　分かって！　ねえ！　あんたを貧乏にする為にお父さん死んだんじゃないのよ！　大学行って、勉強して、ちゃんとした仕事してよ！　分かってんの？　ああいう仕事なんてね、本当に才能のある人じゃなきゃ出来ないの、続かないの！　普通の人があれで食べていくのがどれだけ苦しいかとか大変かとか、知らないでしょ！　あんなものねぇ、最初からお金持ってる人が道楽でやるものなの！　うちみたいな普通の家の人間が目指す仕事じゃないの！　お金に余裕が無いからどうにかしようってなって、楽して大金稼げるあんな……あんなことまでして、滅茶苦茶になるの！　一生！　ねえ、一生！　小説なんて馬鹿なものに入れ込むのは止めて！　永遠に！　絶対やらないで！　あんたの為に言ってるって、本当に分かって！　ねえ！　勝手に考えないで！　私の言うこと、お願いだから聞いて、聞いてよ！」

パン

パン

パン

「ごめ、ごめんな、さ……」

「あんなっ、あんなはしたない女の子達と一緒にそれ続けてるの、もう耐えられない！　お母さんの気持ちになってよ、ねえ！　手ぇ切りなよ！　ねえ！　女の子が自分の体大事にしないで、将来何が出来るの！　警察、もう警察呼ぶよ！　絶対に、次から！　ねえ！　全部全部ぶちまけて話して……それであんたが無事でいられるなら、もうどれだけお母さんに迷惑掛けたっていいからさぁ……もう終わりにして頂戴よ！　私が守ってあげるからさあ！　もう絶対、そんなことっ……」

最後の方はもう、言葉にならない。そんな説教を言い終えるとようやく、階下から続いていた暴力の音は止んだ。女二人の啜り泣く声が重なり、二階の暗闇に響く。

己は自分のすべきことが分からず、緊張ですくんだ体がやっと動くようになって、円の部屋へと静かに戻った。

頭の中が、ぐちゃぐちゃになってしまった。何を考えればいいのかが、分からない。取り敢えず円の勉強机に飛び乗ると、下からは見えなかった、埃を被ったノートパソコンがあるのが見える。もう長い間、使っていないらしい。それが、学習机の狭い隙間に押し込められるように収納されていた。

ここで、このパソコンで、あの子は物語を書き続けていたのだ。それをパッタリと止めてしまった。その理由を、己は自分の目で確認したけれど。

己はあの子に、何を期待してここにやってきたのだろうか。

それから一分も経たずに、円は部屋に戻ってきた。頬と目を赤く腫らし、左手に財布、右手に万札を何枚か握り締め、歯を強く食いしばっている。

部屋のドアを閉め、しばらく呆然と立ち尽くしていたが、やがて財布と紙幣を床に叩きつけた。後者は、空気の抵抗を受けてヒラヒラと音も無く落ちるだけだったが、その無力さが、まるで今の円そのもののようでもあった。

己は机から飛び降り、円の傍に近寄る。へたり込んで啜り泣きを続ける彼女は、涙で濡れた手で己の喉を撫でた。

そうしてしばらく己を撫で、気持ちが落ち着いた頃。円は自分で投げつけた紙幣を全て拾い、ゴミ箱の上で何の躊躇いも無く、細かくビリビリに破いて捨てた。

そして無言で、自分のスマホを手に取り、何事か文字を打ち込む。己の場所から画面のそれはよく読めなかった。が、幾つかの文章は拾える。

『スクショ撮った』『どうでもいい』『言ったらバラす』『絶対やめる』

最後に送信ボタンを押し、電源を切って、円はその小さな箱を床の上に放り投げた。そうして、己の体を抱き上げ、ぎゅっと優しく、その腕に包み込む。

「終わったよ……全部」

短いその沈んだ言葉が、ようやく彼女の口から絞り出された敗北宣言だった。

髪の隙間から光る無骨なピアスが、輝きを失ったように見えた。

その夜、円がベッドに入ったのを見て、己もそこに飛び乗った。あっちに行け、と言われるかと思ったが、円は無言で己を引き寄せ、赤ん坊をあやすように己の体に手を乗せ、目を閉じる。

添い寝など、あの魔女にもしたことが無い。

最後にこうして誰かと優しく触れ合える関係でいられたのは、あの男以来だろうか。亮吉の時にはもう、ここまで距離を近付ける前に関係が崩れ始めてしまっていた。

長い間忘れていた、人肌で温められた布団の感触。

すぐ近くにある人の体と、その寝息。
己は、この温《ぬく》もりを少女に覚えて欲しかった。

七

孤独は、野生の世界では命取りになる。群れを作らず単独で行動が可能な連中というのは、基本的に上位捕食者である。

猫は多くのケダモノを口にするが、食物連鎖の上位に位置する存在かといえば、別にそうでもない。特に現代では天敵以外の危険が多く、己がいつ、うっかりポックリ逝ってしまうかも分からぬ。

だからその島で生きられたということは、己ら猫にとって幸運だったのだろう。少なくとも、人間はそう見ているらしい。

――その島は、地元民から猫島と呼ばれていたらしい。

連中が勝手に呼んでいるだけなので、本当の名称も己らは知らぬ。だが猫島と呼ばれるだけあって、そこには猫ばかりが居た。

己は、いつの間にやらその島に住み着いていた。

島外からフェリーに乗り込んでやってきたのか、ここなら寂しくないだろうという独りよがりな考えを持った人間に捨てられたのか、はたまた最初からこの島で産まれたのか。そんなことは、もう『七つめ』を生きるという己にはどうでもいい、瑣末《さまつ》な問題であった。己も、人間と関わるのは飽きていた。忌避していたと言ってもいい。ともかく、己は一匹がよかった。

群れを成す以上、猫は完全には孤独でいられないはずだった。基本的には自由気ままの己ら猫も、時には助け合い、獲物をめぐって喧嘩もする。しかし世話好きの人間共が介入するお陰で、食い物に困るほど剣呑な雰囲気にはならない。

己は、それが嫌だった。

波止場《はとば》には猫が集まった。漁師や島民が集まり、せっせと魚を捌《さば》いたり選《よ》り分けたりする。そのおこぼれを狙って猫が集まるので、海岸に行けば大抵、いつも十匹以上の猫が座っていた。己は、決してその群衆の中には混ざらない。いつも、人間から餌をもらう猫共を馬鹿にして、見下し、集落の中へと姿をくらませていた。

支えてくれる相手など、誰も居なかった。大抵の野良猫が誰かと関係を持ち、馴れ合い、互いに助け合いながら生きている。

己だけが違った。その島に、己より多くの命を費やした猫は滅多におらず、そして人間に裏切られ続けた奴は一匹たりとて居なかった。

己は、僻《ひが》んでいた。どれだけ己が苦しい思いをし、耐え難い苦痛を味わってきたのか。お前らにそれが分かるのかと、心の底でいつも大声を上げていた。

どれだけ言葉巧みに己が生きた六つの命について語ろうと、その言葉を全て理解し、共感してくれる猫など居るはずがない。己は、こんなにも多くの同胞が居る中でも孤独であろうと、はなっから誰も相手にするまいと決めたのだ。

実際、己は島では鼻つまみ者だった。誰とも協力しようとせず、誰かを助けようともしない。ルールを無視し、自分の好き勝手に動く。島の中でも数ヶ所のエリア毎に分かれたグループが存在し、それぞれのボスが居て、それぞれに決まりがあるが、己は一切の忖度《そんたく》をしなかったのだから、嫌われるのも当然だった。

その島で過ごしたのは——一生分の時間という意味だが、せいぜい六年程度だった。三年目からは毎年、己はその島で子供を作ったが、その子供がどうなったか、孕《はら》ませた雌がどのように子育てをしたのか、そんなことは知るところではない。気に留めたことなど一度も無かった。だが六年目の最後の年、己が子を成した相手となる雌——これが問題だった。島の北、最も大きなエリアを持つボスが目を付けた雌だったのだ。

勿論、己もその雌もそんなことは知らない。幾らボスでも、猫は猫である。先に交尾した雄の子を孕むのは当然のことで、それを根に持って文句を言うなど、ボスの器ではなかろうに、そのボスは己を敵視した。

猫は、群れを作ってリーダーを頂点とした社会を築くわけではない。ただ、元締めのようなやつが居て子分共を子供のように面倒を見て、教育する。しかし気性の荒いそのボスは、無頼な己が余程気に食わなかったと見え、己に散々嚙み付き、引っ掻き、怪我を負わせた。

己の右目は失われ、身体中に傷が出来た。数日すると、傷が膿み始めた。ちょっとした傷さえも、野生にあっては致命傷である。体を休め、舐めることくらいしか治療が出来ない。己の必死の治療は、どうやら効果をもたらさなかったらしい。

小山の木陰で横になり、痛む四肢を縮め、息も絶え絶えになっている己に向かって、島の中でも最も世話焼きであった老猫が近付き、哀れむ声を掛けた。

「馬鹿な子だ。仲良くせんと、誰も助けてくれなくなるよ」

「うるせえ、爺。馴れ合いも助け合いも、御免こうむる」

「やれやれ。お前がこれからどうなるか……それはもう知らん。けれどお前にまた『次』があるなら、誰かに優しくして生きろよ」

「説教なら、他所でやれ」

そんな会話をしたと思うが、熱のせいで記憶は朧《おぼろ》げだった。

ともかく、己は体に大きな怪我を負った。森での狩りは難しくなり、己はどんどんと弱っていく。

苦渋の決断として波止場に向かい、漁師のおこぼれに与《あず》かろうとするが、今度はそこを餌場としていた他の猫共に唸られ、追い出され、碌に飯にあり付けなかった。

支えてもらえない。助けてもらえない。

孤独という生き方がこんなにも辛いものなのかと、己は痛感した。

そうして腹を空かせて、せめて何か取りこぼした魚でも落ちていないかと堤防を歩いていた時、うっかり波に攫《さら》われた己は、あっけなく溺れ死んだ。あの癇癪持ちが描いた黒猫の物語の結末より、ずっと惨めな終わりだ。

　哀れに思ってくれる奴は、誰も居なかった。


　朝の通学途中、円は北斗堂に立ち寄った。そうして店の前に放り出された己は、流石に彼女をそれ以上追うことはしなかった。名残惜しく彼女を見送り、北斗堂の中へと戻る。

　何処に行っていたの、とキヌに怒られ、北星にも怒られた上に心配していたのだと泣かれ、己はどうしていいか分からず、水皿から水をちょっと飲んで不貞寝した。チビとジイノがからかいに来たが、それを無視して己はひたすら眠り続ける。

　だが、いつまでもそうして、問題から目を逸らし続けるわけにもいかなかった。まだ不機嫌な北星は相変わらず本を読んでいたが、己はどうしても、こいつと話さなければならない。

「魔女。ちょっといいか」

「何？」

「二人で、ちょっと」

「ん」

　何となく用件を察してくれたのだろうか、剣呑な雰囲気を少し和らげ、時計を確認して、北星は本に栞を挟む。

台所で握り飯を二つ作り、水筒にお茶を入れ、それらをトートバッグに入れた彼女は少しだけお洒落をする。ロングスカートにスニーカー、ブラウスに厚手のカーディガン。ついでにツバ広のカンカン帽を被り、いつものようにチェーンを付けた眼鏡を掛ける。枡のチャームがゆらゆらと揺れていた。もう四十も半ばの中年の体だろうに、控えめな色合いであることもあり、妙に若々しい服装も不思議と似合っている。

別に何処に遠出しようというわけでもないのだが、北斗堂と駅前のスーパーや薬局との間を行き来する以外の場所へ向かうことは、彼女にとってちょっとしたお出かけに近い感覚のものらしい。「店番任せたよ」と相変わらずの奇妙な伝言をキヌ達に残し、己らは北斗堂を後にする。

最初は己が道を先導し、それに北星がゆっくり後をついてくるというものだったが、己が疲れてくると、彼女は己を抱き上げて肩に乗せ、無言で歩き始めた。

別に、近くの小さな公園でもよかった。しかし折角だからと北星は遠い方の公園を選ぶ。野球場もある大きな公園で、休日には子供連れや老夫婦で賑わっている。平日の今日は人もあまり居ないが、未就学児を連れた母子が目立った。

そんな公園の、遊具が集中している場所を抜け、己達は池を囲む散歩コースに置かれた、屋根付きのベンチにやってきてようやく腰を下ろす。

長閑《のどか》な風景が、己らの心を癒す。赤や黄色に色づいた葉が舞い落ちて道を彩り、或いは池に流れて風に揺れ、やがて沈んでいく。ゆったりとした景色が、今の己には心地よい。隣に座った北星は、己の背中を撫でながら感慨深そうに言った。

「クロは重たくなったねえ。ウチに来て十年くらいだっけ？　そりゃあ大きくなるわ」

そうか、もうそんなに経つのか。己は北星の隣で体を丸め、暖かい陽気に誘われて眠りそうになる。だが、まだだ。今日は話さねばならぬことがある。

水筒のお茶を一口飲んでから、北星は「話って？」と早速本題に入ろうとする。己は少し躊躇ってから、昨晩のことを話した。ハア、と北星は呆れたように息を吐いた。

「あの子にそんな迷惑を掛けたの？」

「心配だった」

「その殊勝な態度を、私にも見せてくれると嬉しいんだけどな」

「お前は別に」

「やれやれ」

「……己は、どうしたらいい」

体を起こしてそう問うと、余程奇妙な質問に聞こえたのだろう。飲んでいたお茶をちょっと噴き出して、北星が咳き込んだ。

「どうするべきか、って？　他所者の猫が、夢破れた女の子をどう励まして立ち直らせるのかって言いたいの？」

それがあんまりな物言いに思えて、己は突っかかる。

「おかしいのか？」

「君は、たかが猫だよ、あの娘《こ》にとって――そして私も、ただの古本屋の店主だ」

「お前は、違うだろう」

本を愛し、本に溺れ、あの少女が書いた空想の世界の物語の一つ一つ、全てに涙を流した女だ。そして作家と共に生きた過去を持つ転生猫を集め、言葉を交わし、過去を知ろうとする。何処が普通なものか。

魔女よ。お前なら、本にまつわる力で、あいつを助けてやれるんじゃないのか。

「あの娘はまだ、きっと未練を残しているぞ。自分が筆を折ることにも、作家の夢を諦めることにも」

あの娘にはまた、物語を書いて欲しいのだ。あの男が書き続けたように。

……けれど、北星は苦しそうな表情をした。湯気の立ち上る水筒の蓋を両手で包み、項垂れ、言葉を一つ発するのさえも辛そうにしている。そうして、絞り出すように震える声を発した。

「――私には、無理なんだよ」

「何故だ？　あの娘は、お前を一番信用している。自分の書いた小説を読ませているのだって、お前にだけだ。あの娘は……」

神崎円という少女と、北星恵梨香という魔女。二人の関係を軽んじて考えているわけではない。ずっとずっと、二人はお互いを信頼し合っていると感じていた。あの娘の心を動かすとしたら、この女を措《お》いて他に居ないではないか。

けれど、やっぱり魔女は首を横に振る。

「私には、出来ない」

「何故だ」

「私は――罰を受けている」

ルルの言葉が蘇る。己は苛立ち、尋ねた。

「何の罰だ」

北星は、今度は誤魔化さなかった。沈痛な面持ちで口を開く。

「……物語を紡ぐことを禁じられた。物語を馬鹿にした咎《とが》で」

手元のお茶しか見ていなかった彼女は、そこでようやく己の方を向く。優しさと悲しさが入り混じった微笑を湛えたその表情は、己の語彙では一言で表せない。

「店に、掛け軸があるでしょう？」

「鬼みたいな、アレか」

「うん。あれが何か分かる？」

「知らん」

「あれはね――カイセイと言うんだ」

知らない言葉だった。己が何も言わずに黙っていると、北斗七星の柄杓の、湯水を汲む合《ごう》の部分。この第一星から第四星のことを指す言葉だと彼女は続けた。

「魁《さきがけ》の星だから、魁星《かいせい》と言うんだよ」

「それがどうした」

「――魁星って言葉は転じて、中国で学問や文章の神を表すんだよ。これが明《みん》代末期、出版が活発になっていた日本に伝来する時、更に転じて、――魁星は本の神となったんだ」

まるで、見てきたかのような物言い。己はその言葉をすぐには理解出来なかったが、徐々に疑問の糸が解け、散らばった点と点が結びついていく。

まさか、と己が呆然と呟くと、魔女は寂しそうに笑った。

「私は、真名を魁星と言うのさ――神の地位を追われた、愚か者だよ」


科挙の時代から、魁星は人の世を見てきた。

女媧《じょか》が人を創り、ユーラシア大陸の東域一帯が彼女の臣民により豊かになり、文化を繁栄させてきた時代から、魁星は人とその知性を評し、査定してきた。

科挙という世界最高峰の登用試験に合格した者の称号に、自分の名前が使われることを誇りに思った。

地獄も桃源郷も、魁星には気に入らない。そんな場所でちまちまと仕事をするなど、自分の本分ではない。もっと文化を、知性を、学問を尊び、敬い、そして広く伝えることこそが自分の使命なのだと確信し、行動していた。

物語を書いた。人の為ではない、天界の神々が楽しむ為の本だった。それは歴史書であり、文化史であり、そして時に夢物語であったが、天の世界で唯一魁星のみが本を書き、物語を紡ぎ、広く伝える役目を担っていた為に、天界は彼の本で溢れた。

それは正に、全知全能の学問の神が成すに相応しい偉業であった。

……しかし。

歴史書や儒教や道教の教えを伝える為の書物の他に存在した、空想の世界を描く物語。それに関して、或る時点を境に、魁星は危機感を覚える。

現世――人間の世界で紡がれた絵空事の物語に、魂が宿り始めた。

それは、嘘や幻、絵空事を書き記しただけの拙い物語のはずだった。しかしその虚構の物語は人々の心を摑み始め、徐々に国中へ、そして本によっては更に世界へと伝播し、拡散され始める。

嘘は、人の心を捉え続けた。十年二十年、百年二百年、時には一千年を超えても伝え知られるほどの力を持つようになった。

魁星は初めて、人に対して恐怖心を覚えた。

神は万能であり、全能である。故に、初めからその力は完成され、それ以上成長する必要がない。完全無欠の存在であり、またそうでなければならない。

だが時代を経て、人々が唯物的な存在や科学に信仰の対象を移し始めると、神々の力は徐々に弱まった。

完全だったものに、綻《ほころ》びが生まれ始める。完全には足すものが一つも無いが、失うものは幾らでもあった。

魁星の紡ぐ物語も、徐々にその質を落としていった。神々の誰もが、時が経つにつれ自分の力が弱まることを実感していたが、その喪失の恐怖は、魁星が誰よりも強く感じていた。

土塊《つちくれ》から作られただけの無知蒙昧な愚物達が、物語を紡いでいる。その想像力と創造力は衰えを知らず、加速度的に増していた。対して神の力は弱まり、衰え、劣化していく。それは魁星にとって最悪の恐怖であり、また忌むべき事態だった。

だが現実は非情だった。海を渡り、本の神として島国の劣等民族の間で力を存分に振るおうとしたが、異国の地では、異国の神は一層力を弱くした。

そしてその島国の民は、大陸の臣民以上に物語を紡ぐことに熱を上げていた。陸続きでないその独特の文化がそうさせたのか、奇妙で奇抜で、そして度肝《どぎも》を抜くような創造性を持つ文化がそこにあった。

彼らは、大陸より来訪した自分を書物の神と崇める。しかし当の神自身が、今やその地位に相当する力は持たないことを、誰よりも実感していて。

——このままでは、神として生きられぬ。

生死や生命という概念を持たない神であったが、その代わり何かを成す使命を帯びることこそが生と同意の存在証明であり、個々の神に与えられた役割である。

だが、人間の創造性がこの役割を脅かした。書物の神の概念と役目を剝奪されるのではないかという恐怖が、この時魁星の心の内に芽生えた。

神は、忘れ去られれば消える。信仰を失えば堕《お》ちる。

――自分が自分としての価値を無くすという、恐怖。

魁星は、その恐怖に呑まれてしまった。

魁星は我を忘れた。人間の書いた物語は、世界に蔓延《はびこ》る病原菌であると吹聴し、蔑み、嫌悪した。唾棄《だき》し、見下し、拒絶した。他の神々が苦言を呈しても、魁星は恐怖に心を奪われ、一方的に人間の生み出す創造物を否定した。

それでも人の力が衰えず、自分の力に迫りつつあると絶望の淵に立たされた魁星は、遂に人の創造性を破壊することを目論んだ。人の心を壊す為に謀略を巡らせ、その破壊を目指したのである。

それが、天照《アマテラス》の逆鱗《げきりん》に触れた。

力は奪われた。神であることを否定された。

魁星は他の神々に嘆願し、自らの行ないを悔いたが、全ては遅過ぎた。神々は裁定を下した。

「貴様が見下した人の身に堕ちよ。貴様には、物語を紡ぐことを禁ずる。創造性も想像性も、貴様から剝奪する。貴様は人として生きる間、本と物語に深く関わり続けて生きねばならぬ。自分が奪われ、愛してやまなかったものを、他の誰かが愛し、作り出す光景を永遠に近くで傍観し続けよ。己の無力と絶望を心に刻め――それが、貴様への罰だ」

「日本で魁星の絵が描かれた時、何処の誰が間違えたかは知らないけど、墨壺を枡と勘違いして描いた絵が一部で広まった。その勘違いがどうにも面白くて、今じゃ私の数少ないアイデンティティさ」

言いながら魔女は、眼鏡チェーンに付いた枡のチャームをちょいちょい、と指で突いて揺らす。


そうして奇妙な身の上話を終えた彼女は、ラップに包んでいた握り飯を一口頬張り、ゆっくりと味わいながら池を眺める。己は、その様子を呆然と見上げていた。握り飯を飲み込んで、魔女は続ける。

「みんなは私を魔女と言うけど、私に不思議な力なんて何も無い。北斗堂で生きているから、猫と会話する力を分け与えてもらっているだけだよ。あの店は、天界からの最後の慈悲なんだ。……いや、責め苦かな。本は、必要最低限の生活に困らない程度に売れる。売れた分は、自然に補充される。飼い殺しだよ。そして呪いは私の肉体にも影響していて、北斗堂から長時間離れてしまうとどんどん体が弱くなる。終いには立てなくなり、呼吸も出来なくなるくらいに。逃げられない……加えて、偉大なる作家達に飼われていた前世を持つ猫があの北斗堂に集まるよう、因果とかいうやつを微調整し続けてる。誰よりも創作に関心を持っている私は、一切の創作に関わることを禁じられた。だから、君達の話を聞かなくてはならないのだよ。作家として生きた人間達の一生を妬《ねた》ましく思いながら、羨《うらや》ましいと思いながら、その才能と素質が自分から奪われたことを、強く強く実感して生きなければならないから……」

　そこで北星は、言葉を区切る。遠く、池に浮かぶ色とりどりの葉をぼんやりと眺め、遠い昔を思い出すようにしていた。

　己は言葉に詰まりながら、真っ先に浮かんだ疑問をぶつける。

「……お前は、いつからあそこに居るのだ？」

「さあ、いつだったかな。御一新の後に西洋文化が怒濤の勢いで入ってきて、一層文化と文芸が大きく勢いづいた頃に癇癪を起こして追放されたから、一世紀半くらいか——ついでに言っておくとね、大体北斗堂には三十年周期くらいで、猫が一匹も居なくなる時期がやってくる。その時を境にして、私の体は別人になるんだ。文字通り、ね」

「三十年？」

「人の親が子を成して代替わりするのが、大体それくらいだろう。私もその時が来たら、体が三十歳若返る。顔の骨格も変わる。たまに性別も変わった。同じ顔の奴が百年も二百年も居たらとんでもない噂が流れるからね……でもあれ、痛いんだ。骨格と筋肉がメキメキ音を立てながら組み変わっていくんだよ。あれだけは、何度経験しても嫌になる」

　へへっ、と自虐的な笑い声を上げて、それきり北星は黙り、再び握り飯を食い始める。己は、北星の言うことがすぐに受け入れられず、それ以上何も言えなかった。

しかし、この女の告白が冗談でないということは、何となく理解出来てしまう。滅茶苦茶な奴ではあるが――しかしそれ故に、こいつの飄々とした態度やのんびりとした性格にも、納得がいく気がした。

こいつは、全てに達観してしまっているのだ。

諦め、忘れ、過ぎてしまったもの、無くなってしまったもの……全てを、置き去りにする生き方を身に付けてしまったのだろう。

そして、自分が物語を書くことを許されないという、厳然たる事実も受け入れてしまい、全てを諦めている。それが本心でないとしても。

北星は握り飯を食い終わると、お茶でそれを嚥下《えんげ》し、一息ついて再び口を開く。

「だから私は、物語の紡ぎ手にはなれない。それに助力することも許されないんだよ。どれだけあの娘が物語に恋い焦がれようと、私は力になれない」

「お前があの娘の小説を読むたびに泣くのは、それが理由か」

「そうね……あの娘が物語を書いてそれを見せてくれた時、私は本当に――本当に嬉しかった。どれだけ描くてもいい。そこには、私には無い煌《きら》めきがある。自分の力で、自分の知性で、文字の力だけで一つの人生を描いて、完結させる。その力を持つことの素晴らしさこそ、人が群れを作り共感し、協力することの出来る理由であり、力の源だと信じているから」

人の力を恐れ憎んだ神の言葉とは思えない評価である。それを指摘すると魔女は、苦笑して目を伏せた。

「私は、恐怖していたんじゃない――憧れていたんだ。人の身に堕ちて、苦しみながら改めて物語に触れ続け、猫達から文豪達の生き様や人生を聞いて、半世紀近く前にようやくそれを思い知ったよ」

心を揺さぶる物語を生み出せる人間とその力に、私は憧れていた。

北星は言って、己を見た。

「さて、私は身の上を話したよ。ようやく今度はクロが話す番だ――と言いたいけれど、一方的に話し始めたからフェアじゃないね」

話す気になるまで待つよ。そう言う北星に、己は渋面で返す。

「己は……話すつもりはない」

「だろうねぇ」

「でも、あの娘には今のままで居て欲しくない。勉強しながらでも、本は書けるはずだ。お前なら何か、あいつに言ってやれるんじゃないか」

「筋違いの頼み事だよ。それに、どれだけ私達が望んでも、最終的に自分の生き方を決めるのは本人だ。君の話を聞くに、家のご都合も簡単に解決するものじゃないだろう。しかも、残った家族からは精神的に、完全に支配されてしまっている。でも、それも無理もない。生きる為に、お金はどうしたって必要になるからね。安定を求めるなら、親御《おやご》さんの言い分だって尤《もっと》もだ」

言われ、己は言い返せなくなる。

……あの男の家も、家計は火の車だった。それでもあいつが作家として大成出来たのは、あの時代にあの男が、あの家の家長だったからだ。あいつが金を稼ぎ、家の舵を握っていたからである。他の誰にも文句を言わせない権力が、家の中で確立していた。

だが親の庇護の下にある少女に、金の話を引き合いに出して将来に関して言うことを聞かせる。これは、卑怯《ひきょう》だ。一方的な暴力と変わりがない。その意味では、あの娘の母親は娘を守ると同時に、彼女を傷つけてもいる。

けれど。

今、自分で自分の口を塞《ふさ》ぎ、誰にも見えない血を流し続けているあの少女には、筆を執ることが絶対に必要だ。

あの男も、そうだった。心を病み、体の弱かったあいつが立ち直る切っ掛けは、執筆だった。自分の内にある物語を、妄想を、想像を、その手で摑み出し形にすることで、あいつは自殺の危機から逃れた。

執筆とは、或る者にとっては治療行為だ。心の傷を言葉という形にし、客観的に捉え、ゆっくりと受け入れる為の。そうして自分を、次に誰かを治療する。心の平穏と安寧を保つ為に、それは必要なことなのだ。

わざわざ苦しむ道を選ぶという、馬鹿げた生き方をしている——己の、創作というものに対するその評価は変わらない。

しかし、それを必要とする人間のことは、曲がりなりにも多少の理解が出来たつもりである。

あの娘には、物語が必要なのだ。自分の心から湧き上がり、自分の手で形にする物語が。

己には、何が出来るだろうか。


北斗堂に戻り、己は魔女も交えて猫達と相談をした。己の力だけではどうにもならぬと思ったのだ。しかし助力しようという気概だけでも見せてくれるのはキヌばかりで、チビとジイノはあまり興味が無さそうだ。

「儂ら猫ごときに、何が出来る言うねんな」

ジイノは呆れ顔である。「儂が可愛がられるわけでもあるまいに」

「お家の都合を、ご家族と関わりの無い古本屋の店主とその飼い猫が、どうにかなんて出来ないわね」

キヌも悲観的だった。

「励ます以上のことは、私達には出来ない。しかもあの娘は、私達の言葉が分からないわ」

「魔女。あんたなら……」

縋るように北星を見るが、やはり魔女は首を横に振る。

「言葉は、力だよ。それは身をもって実感してる。でも、ただの言葉は慰めにならない。多分、今のあの娘が欲しいのは単なる慰めじゃない――言ったでしょう。私には、出来ないことだよ」

言葉の力を奪われ、文字の持つ力を振るえなくなった元神様。魔女は、畳の上で胡坐を掻き、脱力する。

何だ、くそ。簡単に諦めやがって。

己の心に、どうしようもない苛立ちと怒りがこみ上げる。

「もういい」

低く唸って、己は再び北斗堂を抜け出した。誰も引き留めなかった。


キヌ達の言う通り、己が直接あの娘に何かしてやれるわけではない。更に言えば、何をすればあの娘が再び筆を執ってくれるのかも分からぬ。今己に出来ることと言えば、ただ愚直に彼女に寄り添うだけである。

柄にもない――そんな自嘲を口にして、すぐに飲み込んだ。

以前は夜遊びを繰り返していたらしい円であるが、あの夜以降は母親に逆らわぬと見え、学校が終わったら真っ直ぐ家に帰ってくる。友達と何処ぞへ遊びに行くこともせず、ただ黙して帰宅するばかりだ。力強く光を反射していた無骨なピアスは、あの日からずっと、輝きを失っていた。

己は、円の家の前でほぼ毎日、彼女を待つことにした。

初日。円は再び己が自宅の玄関先に居ることに驚き、困惑したが、一通り己を撫でる。そのままた己を家に引き入れることを期待したが、あいつは己をその場所に置いて家に入ってしまう。

おい、こんなにも可愛らしい黒猫が居るのだぞ。もう少し惜しんではどうだ？　訴えて鳴いてみたが、その夜、もう円は出てこなかった。

己はめげずに、次の日も次の日も神崎家に向かい、どうにかして家の中に引き入れてもらおうとした。だが、円は己を五分くらい撫でて家に入ってしまう。それきり、平日はもう出てこないのだ。家の中に入らねば、あの娘の私生活が分からぬ。執筆に関して何をすることも、知ることも出来ないではないか。

母親に隠れて己を引き入れることに抵抗があるのか。もう己を入れてはくれないのか。難しい。

どうにも埒《らち》が明かず、己は恥を忍んでジイノに訊いた。

こいつは北斗堂に来た頃からずっと愛想というものを振り撒き、今では近所の名物猫にまでなっている。とにかく人にじゃれつき、撫でてもらい、不道徳な輩から時々飯を与えられていた。そのせいで、近頃はちょっと丸い。

厚顔無恥で傍若無人な当初の態度はもう殆ど影を潜めているが、その打算的な思考や媚びを売る姿勢は変わらぬままである。己は、どうすればそこまで人に可愛がられるのか、屈辱を忍んでジイノに助言を求めたのである。

だが、当のジイノは偉そうにするでもなく、ただ凡庸に、そしてけだるそうに答えた。

「クロさん、自分が可愛いと思っちょるでしょ」

「当たり前だ、猫だぞ。人間なぞそれだけで鼻の下を伸ばすわ」

「あかんです、あかんです。どんなに可愛くても無愛想じゃあ、一見さんは騙せてもあの子は騙せませんて。クロさんは、猫ってことに胡坐を掻いてるんです。どうせあの子相手にも、ただ玄関先で寝そべってるだけでしょ?」

図星だった。「何が悪い」と言い返すが、ジイノは溜め息交じりに言葉を続ける。……心なしか、見下されているような気がする。

「あざとくいきましょ、あざとく」

こんな風に、と言いながら、ジイノはいつもみたいに火鉢の縁に両前脚を乗せ、目を瞑ってみせる。その位置があいつの特等席で、いつも前脚を乗せている縁はそこだけ脂で艶《つや》めいていた。

それの何処が、と言い返そうとして、己は気付く。ジイノがいつも寄り掛かるその近辺だけ、炭が避《よ》けられていた。熱すぎにならぬよう、北星が炭を避けているのだ。

「儂を飼ってくれてたあのオッサンも、こうして炭を避けてくださいました。愛されたいなら、理解してもらわなきゃ」

知った風な口を利く。いつものように悪態をつこうとしたが、己は黙った。己には、そうして愛情とやらを露骨に振り撒く生き方など、出来ないと思っていた。

思えば己は、自分を守る生き方で精一杯だった。

人の悪意から身を守り、他者への不信は猫に対しても同様となり、同族の間でも己は孤立した。愛される生き方など分からない。

あの男もそうだった。あの男は、妻を確かに大切にしていたと思う。しかし接し方も愛情の表現の仕方も分からぬと見え、頓珍漢《とんちんかん》なことを何度もしていた。時代が時代であったとは言え、それを抜きにしても不器用な男だったと言える。

己は、そんな馬鹿に思い入れし過ぎてしまったのかも知れない。


翌日。

己は円が帰宅すると立ち上がり、自分から彼女の足元に擦り寄った。今まで寝そべってばかりで微動だにしなかった己だったから、意外だったのだろう、久し振りに目を丸くして驚く円を見ることが出来た。

どうしたの、と言いながら微笑み、円は己を撫でる。己はただ撫でられるだけではなく、時々しゃがみ込む彼女の周りを回って視界の外で足を止める。円はしゃがんだ姿勢のまま体を捻ったり向きを変えたりして、己を追い、逃げる背中と頭を撫でた。喉の近くを撫でてきた時は、己の方から顔の向きを変え、円の指先を舐める。

「今日、どうしたの。積極的じゃん」

返答を期待しない問い。己は返事をする代わりに、体を円の手や足に擦り付けた。

そこまでやっても、己を撫でる時間が増えただけで、その日も円は己を家へ上げなかった。

己は、それでもめげなかった。或る日は寝そべった後に腹を見せるなど屈辱的なこともした。また或る日は屈んだ円の膝上に飛び乗ってみたりもした。

……そうして日が暮れるのも早くなり、円がマフラーをするようになった季節。

それでも己が屋外で円を待ち続けていると、見かねた彼女は、遂に己を家に招き入れた。

「朝までだけだよ。君はあの店の猫なんだから」

そう窘める円の顔は、しかしまんざらでもなさそうだった。


それから大体、週に一回くらい、円は母親に内緒で己を家に入れてくれるようになった。粗相をせず、鳴き喚《わめ》きもせず、躾《しつ》けられたように礼儀正しく振る舞う己を不思議に思う様子は多分にあったが、大人しくしている分には問題なさそうである。『いい子』で居る限りは、理解ある飼い主のように接してくれた。

だが、理解があり過ぎた。己を家に泊めてくれるのは嬉しいが、その日に与えてくれるのは決まって水かミルクのみだ。不用意に他所の猫に飯を与えないという配慮が徹底されているのはいいことだが、晩飯を抜きにされるのでは己には少し辛い。

なのでここは一計を案じ、北星に協力を得た。

「私にはそこまで懐いてくれないのに」とブツブツ文句を口にしながら、魔女は小さなメモに言付けをしたため、昔居ついていた猫に使っていたという古い首輪にそれを結び、己に付けた。

言付けの内容は、次のようなものである。


『お久し振りです。お手紙にて失礼します。最近、クロがお宅によくお邪魔しているようです。

帰宅しないことが増えて心配でしたが、神崎さんのお宅で厄介になっているなら私としても安心です。何分、気まぐれな猫のことなので、他所様のところに行くなと言っても聞きません。ご迷惑かと思いますが、クロがそちらにお邪魔させて頂いている時は、どうぞよろしくお願いします。ご飯代に、僅かながらお金を持たせます。本当は北斗堂に来てまた一緒にお話が出来れば嬉しいのですが。お体にお気を付けください　北斗堂店主』

「長ったらしくないか」

「精一杯のお礼と不自然でない言い訳を考えたらどうしてもああなるの。全く」

呆れながら、しかし何処か嬉しそうなその顔は、円の見せたあの表情に似ている。

ともかくこうして、己は円の家に厄介になる夜にも、引き出しの奥にしまったカリカリを夜食代わりに食べることを許された。

北星からの手紙を読んだ円も、少しだけ表情が柔らかくなったように見えた。

円の家——己の行動範囲基準で言えば、彼女の部屋に限った話だが——は、木造のオンボロ住宅である北斗堂に比べ余程快適であった。冬でも部屋は暖かく、円が己に座ることを許してくれた毛布やクッションの上は座り心地がいい。北斗堂の煎餅《せんべい》布団とは雲泥の差である。
だが、円自身はいつも寒々しく、寂しそうに見えた。勉強机に向かって課題を進める時も、ベッドに寝転がって本を読む時も、己を撫でる時も。

お前は優しい娘だ。己にも、母にも、北星にも。

お前はそんなに優しい娘だから、自分を殺そうとしている。

それではお前は、幸せになれない。己にはよく分かる。かつて、筆を持たなければ心を壊していたであろう男が、己の傍に居た。身勝手だったあいつは、自分なりに居心地の良い場所を見付け、腰を落ち着けることが出来た。

お前は、お前自身でしか救えない。

そのことをお前に伝えたいが、どうしたらいいのか、己にはまだ分からぬ。

――己は、お前と話がしたい。

せめて対話に近いことは出来ないだろうかと考え、キヌに相談する。うーん、と彼女も悩み、頭を抱えた。

「貴方も、お手紙を書いたらどう？」

「馬鹿なことを言うな」

「真面目に言ってみたんだけどねぇ」

夜の書店で、平積みされた本の上で体を丸めるキヌは、去年に比べて少し小さくなったように見える。円の一件が始まって以来、まじまじと他の猫を観察する時間が無かったせいで、錯覚しているのだろうか。いや、確かに彼女の体は昔に比べて痩せている。

「大丈夫か」

「え？　何？」

「大丈夫かと言っている」

尋ねると、そうだねえ、と言ってまたキヌは体を丸めてしまった。

「心配してくれるのかい」

「……素知らぬ態度をしてやれるほど、己らは冷たい仲か」

「ふふっ。本当、変わったねえ。素敵だよ、クロ――いや、ね。ここ最近はずっと気分が清々《すがすが》しいんだ。何せ、とても素敵な夢を見たのだから……ああ、これで思い残すことは無いな、って」

その言葉に、己はドキリとする。

まただ。キヌもまた、夢を見た。その夢を見て満足そうに笑い、そして体が弱っている。ルルがそうだったように。

ぼんやりとしたその言動は、元々彼女がそうだったと言われればそう思える。しかし己には、その姿に既視感があった。ルルが死ぬ少し前も、こんな風だった。そして、己があの男の家で死ぬ間際も……。

おい、と近くの本の山に飛び乗り、声を掛ける。

「キヌ。お前――死ぬのか」

キヌは答えない。代わりに、くい、と顔を上げて己の方へ向け、己の頭を舐めて毛づくろいをする。己はそれを拒まず、されるがままに任せた。

暗い店の中で、しばらくキヌの隣で横になったまま体を任せていると、やがてキヌが口を開く。

「『二つめ』の時に私を拾ってくれた作家はね、とっても優しい女性だった。お名前も、忘れやしないわ——最初あの人、私をキズって名付けたんだよ。その時私は、怪我をしていたんだ。看病してくれたのさ、とても献身的に……そうしたら私もあの人も、不思議と心が通じ合ったのさ」

「錯覚だ」

「本当にそう思ってる？」

揶揄《からか》うように笑うキヌに、己は何も言い返せない。フフッ、と微笑み、続ける。

「執筆業をしながら文学界に色々と貢献した、立派な方だった。新しいレーベルを立ち上げて、沢山の本を出して。そんな立派な人だもの。猫と気持ちが通じ合ったって、何もおかしくなんてない。ね？　だからお互い、とても尊敬し合ったの。そうしたらあの人、私の名前を、敬意を以て改めてくれたの。キヌさんって——ああ、本当に、とっても素敵な時間だった！　私はまだ上手く人の言葉を理解出来ていなかったけれど、あの人の考えることはよく分かった。あの人も私をよく知ってくれた。一緒に過ごした時間が、とてもとても素晴らしいものだった。あの時間は、言葉が通じ合っている魔女と過ごした時間とも違う、かけがえのないものだったの」

己の体を舐め終えたキヌは、右脚を引き摺りながら床に飛び降り、ひょこひょこと店の奥へ向かおうとする。

「待て、何処へ行く」

「クロ。貴方も、かけがえのない思い出と時間は大切にしなさい。一つでも二つでも、幾つあってもいいものだから。昔出会った貴方の飼い主との思い出も、魔女との思い出も、円との思い出も……全て平等に、大切なのだからね」

「馬鹿、行くな」

己は止めようとしたが、キヌは声を震わせながらも、努めて平静を装った声で答えた。

「貴方達との時間も、魔女との時間も、私にはとっても、とっても大切なの。だから弱った私の姿は、見られたくない——ごめんなさい」

己が、あの男と共に生きた時と同じ思いを口にする。その言葉が、己を突き動かした。本の山から飛び降り、キヌの前に走って回り込み、行く手を阻む。絶対に通さないと決めて、唸り、威嚇した。

けれど、キヌのその優しい、母親のような包容力を感じさせる柔らかい眼差しに、逆に射抜かれる。己は耳をぺたりと平たく伏せ、うう、と唸った。

「優しいのね、お前は」

最後にそう囁いて、キヌはまた己の頭を舐める。

「行くな……」

己は呟いたが、キヌは尚も己の頭を舐めるだけだった。まるで、我儘を言って聞かない子供をあやすように。

何度か、子供を持つことや子育ての経験について己に尋ねてきた彼女は、どんな過去を歩んできたのだろう。今更ながらに、キヌのことを知りたいと思い始める。が、全て遅かった。

他者と関わることを恐れ続けた愚かな己は、肝心な時に相手のことを知らぬまま、永劫《えいごう》に別れようとしている。

教えてはくれないか、と言葉を零すが、最後にもう一度己の頭を舐めてから、キヌは勝手口のくぐり戸から夜の闇へと抜け出し、消えていく。

己は——それを止められなかった。

三日ほど円の家へ行かず、北星達と近所を捜した。もっとも、己はあまり積極的に捜そうとはしなかった。キヌが家を出てすぐにではなく、夜が明けてからようやく「キヌが居ない」と北星達に伝えたのも、もうあいつを捜してはならない、と直感していたからだ。

どれだけ捜してもキヌは見付からず、もうあの子は帰ってこないのだと悟ると、北星は一晩中声を上げて泣いた。己もチビもジイノも、ただ魔女の傍で一緒に居てやることしか出来なかった。

だが己は、いつまでも悲しみに暮れては居られぬ。やらねばならぬことがある。神崎家への訪問を再開し、また外泊をするようになった。

そんな或る日のことである。

階下から聞こえる円の母の声は、当初よりだいぶ落ち着いている。すっかり娘が大人しくなったのに気分を良くし、もう二度と馬鹿なことをしないと信じきっているらしい。今週の土曜は仕事で丸一日外出するから留守番してね、と娘の都合も聞かずに役目を押し付けている。円は言い返さず、それを承諾したようだ。

だから己は、土曜の昼頃に円の家まで赴いた。まるで友達の家にやってきた、という風に気軽に足を運び、円を呼び出す「ニャア」という声を響かせる。それだけで彼女は玄関の戸を開け、己を快く招き入れた。

「今日はお母さん居ないから、リビングで過ごそう。それにしても君、私達の会話聞いてたの？　凄くいいタイミングだね」

聞いてるよ。偉いだろう？

自慢する代わりにニャアと鳴き、己はリビングのカーペットに寝転がった。

最近の室内は、己が初めて家に入った時に比べてだいぶ片付いている。洗濯物が散らかっていることも少なくなり、食器の洗い物はシンクに溜められていない。ソファやカーペットの臭いも消えていた。

己が来る前と後とで、確かに何かが変わっているようだ。ただの勘違いかも知れないが、それでもいい。雰囲気の良い場所は、間違いなく円にもプラスになる。

――棚の隅に押し込むように片付けられた、警察とやりとりしたらしい何らかの書類については、忘れることにした。今はもう、円が健康で居られるならそれでよかった。こいつの顔や体に傷や痣が生まれぬのなら、もうその問題に首は突っ込むまい。

こいつがどれだけ苦しみ、苦労しているのか。曲がりなりにも、己は知ったつもりでいる。

今は、それでいいと思った。

けれど、ソファで紅茶を飲みながら英単語帳を読む円は、何処かつまらなそうにしている。

時々、息抜きに単語帳を伏せて小説を読んでいるが、その時だけは少しだけ顔色が良くなった。

……本当にこの娘は、全く。

自分で気付いているのか、いないのか。自分が心の底で何を求めているのか、何がしたいのか。

それを自覚しなければ、円の心は、決して筆を執ろうとしないだろう。

どうしたら、自分の本音に気付かせてやれるだろうか。

しばらくして、彼女は甘いものを探して冷蔵庫を開けたが、目ぼしいものが無かったらしい。

「大人しくしててね」と己に言い残し、円は外へ出掛けてしまった。コンビニにでも行ったのだろうか。絶好の機会である。己はリビングを抜けて二階に上がり、円の部屋に侵入する。

右下の引き出し一番奥に、己専用のおやつがあることは確認済みである。残念だが、今は無視だ。己は円の机に飛び乗り、教科書や参考書、山積みのプリントや化粧道具の下に隠されたノートパソコンを見付け、どうにかして引き出そうとした。ルルに教えてもらった「爪で器用に物を挟む」という技を駆使し、少しずつそれを引っ張り出そうとする。

パソコンを引き出して、あの娘の書いた物語を読み、どうにかしてその内容を北星に伝えて感想を言ってもらおうと考えてのことだった。具体的な方法など分からないが、ともかく、己はあの娘を励ましてやりたいのだ。お前の作品は、ちゃんと面白いぞ、と。果たしてそんな凡庸な言葉が何処まであの娘の力になるかは未知数だが。

しかしそうして悪戦苦闘しながらパソコンを力任せに引き寄せようとして爪が滑り、本とプリントの山を机から雪崩《なだれ》のように落としてしまった。派手な音がして、紙が何十枚と床に散らばる。

ああ、くそ。己は慌てて机から飛び降りたものの、広くないとは言え部屋一杯に散らばったそれを集められるはずもなく、呆然としてしまった。

焦る己だったが、しかし自分の踏んづけているものが勉強用に学校から渡されるプリント用紙ではなく、文字が並び、言葉を紡いでいる用紙であることに気付く。己は、それとよく似たプリントを何枚も、何十枚も見てきた。

原稿だ。最後に読んだ円の小説の原稿と、文体や言い回しが似ている。

これは、彼女が書いた物語だ。

北斗堂に持ち込む前の、本当に最後に書いた物語。

己は原稿を一枚一枚めくり、揃え、なるべく最初から順番にそれを読んでいく。

——掻《か》い摘《つま》んで読んだそれは、羽を折って飛べなくなった鳥の物語だった。

空を飛び、世界を自由に、そして気ままに旅してきた一羽のカラス。彼は憧れて都会に飛び出たものの、自分よりずっと頭のいい先住カラス達に迫害され、従わされ、辛辣《しんらつ》な扱いを受けていた。元々住んでいた森よりも複雑で広いはずの都会は、森よりもずっと狭く、息苦しく感じられる。そんな折、事故で翼の骨を折ってしまったカラスは飛べなくなり、残された自由さえも奪われ、空の見えるコンクリート製の牢獄に閉じ込められる……。

カラスの独白には、こうあった。

『いつか、もっともっと高い場所へ飛んでいけると信じていた。俺の敵が鷹でも鷲でも、きっと俺は立ち向かっただろう。けれど、理不尽は俺を無惨に叩き落とす。俺を飛べなくさせたのは、ラジコンのプロペラだった。ああ、馬鹿馬鹿しい。何故世界はこんなにも不条理なんだ。折れた羽はもう、治らない。もう、電線の上にも登れやしない。どれだけ努力をしても、奇跡を願っても、俺の羽は治らない。もう雲の上の世界を見ることも出来やしない。俺が馬鹿だった。続けたって、願ったって、望んだ場所にはもう行けないんだ。家族が引き留めるのを聞き入れなかった、自分の愚かさ故に』

そんなカラスの前に、彼を助け、世話をしてやろうとする奇妙で物好きな男が現れ、彼に拾われたところで、物語は時間を止めている。

未完成の原稿。それは、去年読んだどの原稿よりも文章が洗練され、成熟していた。情景の描写は美しく、切なく、望んだものを得られず地に落とされたカラスの苦しみと悲しみが真正面から描かれている。

そこまで読み終えた己は、このカラスが円自身を描いていることを確信した。

円は、立ち上がる気力を失くしている。

折った筆を握り直す気概も無く、ただ無為に日々を過ごし……奇跡を与えてくれる白馬の王子が夢物語に過ぎないことを自覚してしまった瞬間に、筆を完全に折ってしまったのだ。これではきっと、ただ筆を執らせるだけでは解決しない。怒りに狂った母の姿が、あの子の心を縛っている。書く目的を失くしたあの娘には、新しい動機が必要なのだ。

やはりこの娘には、気付かせてやらねばならない。

お前が高く、高く空の遥か遠くまで飛び立ち、未知の世界を目にし、開拓することを望んでいる者が、すぐ近くに居るのだと――

コンビニから帰ってきたらしい円が、玄関のドアを開ける音がする。リビングに己が居ないことに気付いたのか、急ぎ足で階段を上る音が続いた。

部屋のドアが開く。円が、部屋に散らばった本と教科書、そしてプリントの山を見て、体を硬直させた。机の上で座る己の姿を見て、円は部屋の惨状の原因を悟ったらしい。嘆息し、レジ袋を放り投げて本を拾い始めた。

「勝手に入らないでよ！　今までこんなこと無かったのに、もう……」

独り言を呟く円に、己は「ニャア」と鳴いて、一枚だけ机の上に残ったプリント原稿に前足を乗せる。参考書を机の上に戻した円は、そのプリントを見て再び表情を固まらせた。ややあって、パシッと原稿をひったくるようにして奪い、己の目につかないように隠そうとする。

そして円は、部屋に散らばる原稿に気付いたらしい。足元のそれを見回し、文章の書かれた面が全て表になっているのを確認した後。

己を見て、震える声で――尋ねた。

「読んだ、の……？」

瞬間、己は自分が大きな過ちを犯したことを悟る。

北星の下に、長く居つき過ぎた。猫は猫として振る舞わなければならぬという暗黙の規則を、己はいつの間にか踏み越えていた。あの魔女だけが特別だった。それを失念していたのである。円に、自分を支える存在が傍に居るのだと知って欲しくて、そんな当たり前のことさえも失念してしまっていた。

己は耳を伏せ、姿勢を低くした。ただただ戸惑い、恐れ——逃げ出す。開けたままのドアから飛び出し、一目散に階下へと。背後から、円の声が聞こえる。

「待って……待って！」

己は待たなかった。それ以上その場に居ては、返事をしてしまいそうだった。真っ直ぐに玄関を目指すが、しかしこの家には北斗堂と違い、くぐり戸が無い。勿論、勝手口にも存在しない。開いてる窓を見付けようにも、冬のこととて全てしっかりと施錠されていた。

怖い。ただ、無性に怖い。あの娘に忌避されるのではないかと思うと、堪らなく怖い。

ああ、拒絶されるということは、こんなにも恐ろしいことだったか。

かつてはあれほどに、他者から距離を置こうとしていたというのに。なんという体《てい》たらくだ。

玄関で所在なくグルグルと回り歩いている己を、慌てて一階に降りてきた円が見付け、駆け寄ってくる。己は為す術《すべ》なく、その場で硬直してしまった。

円は呼吸を整えて素足のまま土間に下り、屈む。己の目の高さになるべく近付けるようにして、彼女は微笑んだ。一方で己は円を恐れ、震え、距離を取ろうとする。

「怒ってないよ。おいで」

その言葉を聞いて、己は更に躊躇う。

こいつは、勘違いをしている。机の上の私物をぶちまけたのを叱られると考えて逃げたと、そう思っているのだ。違う、そんな純真無垢な心で起こした過ちではない。

己は、お前が知られたくないと思っている過去を、そして秘密を盗み見てしまった。己があの男との思い出を知られたくないように、お前もきっと、それを封じていたかっただろうに。

優しくするな。

己は——

その場を動けずにいる己を見て、円は片手に持っていた原稿をぺらり、と差し出してみせた。

「これね、私が書いたお話なの……ねえ、『読んだ』？」

それが、返答を期待しない問いかけなのか、本当に己からの返事を求めているのか、分からない。己は無言だった。

円は続ける。嘗ての、心に余裕を持っていたあの幼い、夢を見る子供だった頃のように。

「私さ、作家になりたかったんだ。それしかないって思ってた。北星さんが言ってたみたいに、それを取り上げられたらもう、自分が生きてる意味が無いんじゃないかって思うくらいに、私の中は小説で埋め尽くされてたの。それが、私自身を表現する全てだった……そんなことなかったね。失敗が怖いんだ。次に踏み出すのがもう、堪らなく怖くなっちゃった。もし沢山お話を書いて、沢山の賞に応募して、血を流すくらいに頑張って――それでも結果が出なかったら、お母さんは絶対に認めない。今度こそ、私を見捨てる。たった一人でお話を書き続けて、たった一人で苦しんで、もがいて、それでも何も残らなかったら、大切なものも失くすんじゃないかって思ったらさ、途端に……怖くなって、一文字も書けなくなってさ。大人になって書こうと思っても、きっとこの恐怖って消えないんだよね、多分。もう、キーボードを打つたびに思い出しちゃうんだよ。お母さんの悲鳴とか、怒鳴り声とか、痛い感覚とか……」

その言葉は徐々に掠れ、涙声になっていく。己は情けないことに、ただの一言も言い返せなかった。もし己がどれだけ豊かな語彙を駆使しようとしても、しかし己に人の言葉は話せない。

己は、人ではないから。

人の言葉だけが、彼女に思いを伝えられるというのに――

「一生を懸けられる覚悟も無い半端者がさ、成功するわけないじゃない？　全部捨てて、小説に人生懸けて生きるとか、成功してる人達と同じことが出来るなんて思えなくて……だから、もういいよ。ごめんね、こんなお話読ませちゃって」

違う、違う。

お前より駄目な奴が居た。病弱の癇癪持ちで、お前より年老いてから本を書き始めて成功した奴が居た。お前よりずっとだらしなくて、どうしようもない奴だ。それでもあいつは、今なお文豪と呼ばれている。

なのに、お前が作家になれぬわけがあるか。

どれだけこの思いを伝えようとしても、己には獣として鳴き声を上げることしか出来ぬ。

……いや、出来るはずだ。

何か、こいつの為に。

己が持てる全てを与え、物語を綴って欲しいと願う。しかし今のやり方では駄目だと、己はようやく悟った。

そうして、次にすべきことを考え、思い至る。

己は踵を返し、ドアにカリカリと爪を立てる。円は広げた腕を畳んで立ち上がり、無言でドアを開けてくれた。冬の冷気が流れ込み、思わず家の中へ戻りたくなる。けれど、己がやるべきことはここには無い。冬の寒風の中を突き進み、あの古書店へ戻らねばならない。己は家を飛び出し、一目散に走った。

途中、一度だけ足を止めて振り返る。家の前でドアを開けたまま、円が小さく萎れ、ただ立ち尽くして己を見ている。そうして己が目を離さぬ内に、無気力に家に戻り、ドアを閉じた。

ややあって己も、再び冬の住宅地を駆け抜ける。

北斗堂に戻った己は、閑古鳥の鳴く店のカウンターで火鉢に当たる魔女に向かい、声を張り上げた。

「おい、魔女――魁星！」

その言葉に反応し、読んでいた本から顔を上げ、北星はからかうように微笑み、言う。

「いきなりなんだい、黒猫」
「お前――本を書け」

八

『八つめ』の命を受けた時も、寒い日だった。

仔猫の時分から母に連れられて、決まって向かう場所があった。民家である。まだ寒さに耐性の無い幼い体だったから、風の無い屋内はとても心地が良かった。

しかし、手放し——猫にとっては奇妙な言い回しである——で喜べる環境でもない。家は、人間の言う「ゴミ屋敷」だった。

猫にとって、生臭さは不快なものではない。生臭さとは飯の痕跡であるからして、食うものがあるということだ。だが、玄関口はおろか廊下やキッチンまでゴミ袋やら古着やら、どう見ても使いそうにないものを乱雑に、ただ堆《うずたか》く積み上げ続けているその住民のことは理解出来なかった。

住んでいるのは、老婆一人だった。普段の生活もままならぬのか、オムツを入れたゴミも家の中に放置しているものだから、悪臭が堪らない。生臭さと違うそれには、流石に嫌悪感を覚える。料理もままならず、僅かな年金で総菜を買い、日に二食でどうにか生き、一日の殆どを家の中で寝て過ごす。老婆はそんな奴だった。

食うにも困る生活をしているにも拘わらず、老婆は家で野良猫を餌付けしていた。己の母や兄弟達の他、別の野良猫が何匹も、老婆の家の庭を住みかとしていた。老婆は、猫が集まって自堕落に生きる様をニコニコと破顔して眺めているばかりである。時には自分の飯よりも高価なネコ用の飯を買ってきては、庭に直接それを撒いて己達に食わせていたくらいに、猫好きだった。

いや、一概に猫好きと言えるのかどうかは怪しい。老婆は己らのことを娘や息子、孫として扱い、一方的に話し掛けてはゴミ屋敷に引き入れていたりなぞしていた。あれが正気であったとは今でも思えぬし、近隣住民が碌に相手をしないのも道理である。

人にも同族にも達観し、諦観し、期待を抱かなかった己は、その老婆にも最早何も思わなかった。仔猫であるにも拘わらず、自分の脚で歩く気力が無かった。老婆の与える飯を頼りに日がな一日、ただ自堕落に過ごす日々が続いた。

己達に幻影を見て、子供や孫と思い込んで甲斐甲斐《かいがい》しく面倒を見る老婆を、内心馬鹿にして見下していたつもりだった。が、温かく己ら猫を世話するその人の良さを前にして、逃げ出すこともせず。

期待はしない。高望みもしない。ただ、己が生きる為に利用してやるだけ。

それだけでよかったのに。

年も明けてしばらくして、老婆は布団から起き上がらなくなった。

数日経って腐敗臭がし始めた。腹が減った猫の何匹かは、老婆の肉を口にした。己は何だかその気が起きなくて、床下のネズミを獲って食べるなどしたが、それでも飢えはしのげない。飯が足りなくなり、猫が次々に鳴き始めて近隣からの苦情があったのだろう。家を訪問した人間により、老婆の死亡が確認された。

そうして己達は保護された。しかし、問題が山積みになったゴミ屋敷の猫である。己らの存在は保健所でも持て余され、引き取り手もなかなか見付からなかった。

そろそろ己にも引導が渡されるのだろうかという頃になって——それは起こった。

三月。まだ寒い東北で起きた地震と津波は、あっという間に全てを呑み込んだ。

崩落したケージの中で鳴き喚き、叫ぶ己ら猫や犬を、職員達は見捨てようとはしなかった。けれど、遠くから警報が鳴り響き始めると、一人、また一人と逃げていく。無理からぬことではあったが、見捨てられ、死ぬしかなくなるのだと悟った己らは必死に叫び、助けを求めた。

次々と水が屋内に浸入する保健所に一人だけ、涙で顔をぐしゃぐしゃにしながら、逃げずに頭を抱えて泣いている女が居た。

若い女だった。着任して間もないのだろう。どうすればいいのか分からずに困惑し、心が掻き乱されている様子だった。混乱し、涙と鼻水を流しながら一人でケージを直し、暴れる獣達を宥《なだ》めようとした。

だが全てのケージの鍵を開けて逃がしてやるには、あまりにも無力だったらしい。オロオロとする女は、何も出来ずにただ泣いていた。

早く逃げればよかったのに。そうすればもっと早く逃げられたのに、女は一向に離れない。戸惑う間にも水は増え続け、水位は膝上まで上昇し、まともに歩けなくなってしまった。

事ここに至り、ようやく迷いを振り切って女はケージを開けようとした。だが震える手では、上手く鍵を差し込んで回すことが出来ない。何もかも遅過ぎるということを、女も悟った。

ごめんなさい。ごめんなさい。どうか許して。ごめんなさい……。

女は、獣以外に誰も聞くことのない謝罪の言葉を何度も繰り返し、屋上へと逃げる為に飼育室の扉を開け——去った。

次々と、大量の土砂や瓦礫《がれき》と共に増える、黒い水の中へ沈む獣達を見ながら、怯えて鳴き喚く己は、それまで七つ、巡り続けた命と記憶の数々に思いを馳せる。

人間など、身勝手だ。一方的に愛情らしきものを与え、優しくなったつもりでいて、それが終わる時はあっけない。脚を伸ばしても払いのけられ、忘れられる。淡々と己らを物のように扱うかと思えば、真心からの愛情を与えようとする。

獣はいつだって、人間と同等にはならない。

言葉が分かれば、意思が通じ合えば、或いは変わるのだろうか。

——でもどんな場合でも、己にとってはもう、全てが苦しいことばかりだ。

人は、運命は、容易に己との関係を断っていく。

ならば初めから、望みなど捨てて生きた方が、余程マシだ。

もう決して、誰かに期待などするものか。

最後の命は、最後の己の一生は、己だけが信じて、己だけが舵を取り、己が望むままに生きるのだ。

誰かに寄り添い、助け合うことなど、決してしない……。

それが、『八つめ』の命を黒い水に沈むケージの中で終わらせた、己の誓いだった。


お手紙を書いたらどう？

キヌが提案した馬鹿げた発想を、結局なぞることになる。だが円に渡すのは手紙ではなく、物語だ。

己の言葉に、一番動揺を見せたのは北星だった。

「私が……本を？」

「そうだ。あの子に物語を書いてくれ。言葉を書けるのは、お前しかおらん」

どれだけあの子が慕われ、思われ、その成功と幸福を願われているか。それを語り、心の底から感情を揺さぶることが出来るのは、物語を通じてしか叶わないと思えた。

あの子を鼓舞する物語を、北星が書くのだ。

囚われの魔女ではなく、一人の古書店の店主として。あの子の親友として。

北星は目を泳がせ、己やチビ、ジイノの視線から逃れるように顔を伏せた。冷静さを失った彼女は言葉を詰まらせ、冬だというのに大粒の汗を流しながら、小声で絞り出すように答えた。

「む、無理だよ、私には……物語なんて、言葉なんて、思いつくわけがない。私は、罰を受ける身なんだ。それが許されるなんて……あってはならないよ」

己ではなく、自分への言い訳をするような言葉。

けれど、己には分かっていた。どれだけ己やチビ達があの娘を励まそうと、猫の身ではそれを伝えられない。あの娘が再び筆を執ることが出来るとすれば、他でもない北星が関わらなければならぬのだ。

「物語を傍観しろという罰を、まだ甘んじて受け続けるのか」

怒り混じりに己は問う。北星は、いやいやをするように頭を振った。

「堕ちた私は、物語を汚してはいけないんだ。あの子には、あの子の物語がある。私がその心を汚すことなんて。あの素晴らしい魂に触れることなんて、醜い心の私には出来ない。あの子の心を奮い立たせる物語を紡ぐことも……」


「――己が、話を作ろう」

自然と、その言葉が口を突いて出た。

え、と声を漏らした北星が顔を上げる。チビとジイノも、目を丸くして己を見た。

己は、迷わなかった。

己のことなど、どうでもよい。あの子が、あの子自身の為に筆を執る助けになるならば、己の取るに足りない矜持など捨ててくれよう。

そんなことを、自分自身に誓ってみた。


昼は店を開きながらカウンターで、夜は深夜に床に就くまで、己は魔女の傍に居て、ノートパソコンのキーボードを叩く魔女に話をした。

猫と文学を愛した少女の話だった。小さな頃から小説を読み、漫画や映画も好きになり、いつからか自分も物語を作りたいと強く思うようになった少女。自分の才能、周囲の環境や友達、家族という課題や絆に触れながら、一度は挫折するも再び立ち上がる、そんな物語。

語り口は、少女が大切にする飼い猫の一人称で綴られる。

どれだけ彼女が努力をしたか、笑ったか、喜んだか、悲しんだか、苦労したか――その心がどれだけ強いか。それを、沢山の言葉で語り、励まし、賛美する。

そんな物語を、己は物語のような口調で言葉にし、北星にタイプしてもらう。

正直、物語としてはありふれた筋書きだろう。何処かの誰かが同じような小説を書いたとしても、不思議ではない。そしてあまりに現実をなぞり過ぎていて、小説としては稚拙かも知れない。

だが、どれだけありふれていても構わない。

この物語は、他の誰でもない、神崎円という少女に捧げる物語だ。物語のモデルは勿論彼女であり、そして己自身である。決して、何かのコピーのような作品にはならない。

娯楽小説として、未熟でも不完全でもいい。支えたいと思う者が居る。ただそれだけの事実を、己は伝えたかった。

ゴーストライターとなった魔女は、途中で何度も挫《くじ》けそうになった。本当に、自分がこの話を形にする任に値する存在なのかと。己の物語を代筆しているだけに過ぎない自分に何の価値があるのだと。

「物語を書いているのは、私じゃない。クロ、君だよ……君の話を聞きながら、自分でもどうにかして話の筋を考えようとしてる。でも、一言も――一文字も言葉が浮かんできやしない。どんな言葉が、どんな表現が正しくて、あの子の心に届くのかが、まるで分からない。こんな、こんな出来損ないの私が、物語なんて……」

声を震わせ、掌《てのひら》で何度も頭を叩きながら苦悶の表情を浮かべる魔女に、しかし己はその度に何度も、はっきりと言ってやった。

「己には文を書く才など無い。ただ過去の事実を脚色し、それらしく淡々と語るだけだ。選ぶ語彙は、技法は、演出は、お前が作っている。己の話を膨らませ、あやふやな幻想を形のある物語に昇華させて、あいつの心に届く力を込められるのは、お前だけだ。勘違いするな。これは自伝でもルポでもない――歴《れっき》とした『物語』だ。物語は、お前にしか書けない」

本心だった。誠実に、それを伝えた。繰り返し、繰り返し。

北星はその度に泣き、キーボードに向き直る。何度眼鏡のレンズを拭いたか、もう分からなくなっていた。

愚痴も弱音も少なくなり、タイピングも速くなり、次から次へと言葉が紡がれていく。己と、そして北星の、心に秘めた思いは、徐々に一つの形になって。


……そうして梅の花が咲く頃、一つの物語が紡がれた。


原稿用紙に換算して、二百枚程度の長さの物語。一冬で語られた、短いようで長い、一人の少女の半生にまつわる物語。それは確かに、小説だった。

『了』の文字が打たれた直後、北星は椅子の上で脱力する。

「お疲れ」

そう労《ねぎら》うが、疲れ切った魔女はすぐに答えない。仄かに暖かくなってきた風が舞い込み、花の香りが鼻腔《びこう》をくすぐる。そんな、いつの間にか移ろっていた季節に思いを馳せながら、ゆっくりと北星は呟いた。

「届くかな、あの子に」

「だといいな」

「不安にならない？」

「何が？」

平然と返すと、北星が怪訝《けげん》な顔をして己を見た。

「自分が全身全霊を込めて作ったものが、相手の心に届かなかったとかつまらなかったとか言われて、価値を無くすかも知れないって……そう考えたことはないの」

奇《く》しくも、円が抱いていた疑念や恐怖によく似ている。己は少し可笑しくなって、ふふん、と鼻で笑った。

「自分のことを言っているのか」

答える代わりに、質問を返した。北星は最初否定しようとしたが、直後に黙りこくり、「そうだね」と重い口調で言う。

「私が憧れた、人間の創る物語は、時を経てどんどんと力を増した。その言葉を届ける力も、範囲も、ネットの普及で拡大した。いまだに紙媒体の古本を扱っている書店の主が書く物語なんて、時代遅れかも知れない。いつか時間と時代に、自分が追い越されるんじゃないかって――自分の努力が無駄になる瞬間が訪れると思ったあの時に、私の心は折れてしまった」

だからあの時、私は神でなくなった。

そう言いながら、小説のデータを保存したＵＳＢメモリをノートパソコンから引き抜く。

「たとえこのお話が彼女の心に届いても、また本を書いてくれるかどうかなんて分からないし、結局無駄になるかも知れない」

そんな弱音を、己は否定する。

「無駄ではないだろう」

「そうかな」

「ああ。己はそもそも、他の全てを投げ打ってでも作家を目指せなどとは、その物語の中で一度も言わなかった――ただ、諦めずに続けていけばいいと、そう伝えているつもりだ」

自分のこと、家族のこと、未来のこと。それら全てを考慮し、予測し、今から計画を立て、他の全てを犠牲にして夢を目指せなどと言うつもりはない。

今すぐに筆を執る必要はない。今、全てを諦める必要はない。今は筆を置いたままでいい。けれどまた、いつでも筆を執っていい。失敗し続けてもいい。

――ただ、決して諦めずに続けて欲しい。

己は物語の中でも、現実でも、それだけを願っている。

受験が終わってから再開してもいい。就職の為に一旦筆を置いても、時間をかけてもまた物語を書けるなら、それをして欲しい。

諦めなければ、続けてさえいれば。

歩き続けていれば、決して倒れることはない。

ゴールの無い戦いだとしても、負けることはない。それでいいのだ。

愚直に、飾らない言葉で精一杯に、そんな思いを物語の中に込めたつもりだ。


己は首輪をつけ、ＵＳＢメモリをそこにぶら下げて、久方ぶりに神崎家の家の前で彼女を待つ。少し離れた公園から、散り始めた梅の香りが夜風に乗って仄かに漂ってきた。

円はもうそろそろ三年生ということで、どうやら受験勉強を本格的に始めたらしい。いつの間にやら、あの子より母親の方が早く帰ってくるようになっていた。家の明かりが灯るのを外から見るのは、少し寂しい気がした。

それから大分経って、円の足音がした。己はいつかのように塀から飛び降り、神崎家の玄関先で彼女を待つ。やがて、円が角を曲がって姿を見せた。髪は一層に伸び、腰の辺りまで長さを増している。しかし耳元で掻き上げられ、控えめで小さなピアスが左右に一つずつ装着されているのが、はっきり見えるようになっていた。

己を見るとハッとして、僅かに顔をほころばせて駆け寄った。

「おお、クロじゃん！　良かった……前はごめんね」

すっかり前回の別れ際のことを忘れていた己は、そう言えば相手を不安にさせるような別れ方だったかな、とようやく思い至り、こちらの方が少し恐縮する。

両手でわしゃわしゃと己の頭と頬を撫で回す円に、己は無言で首を反らせ、首輪とその先に付けられたUSBメモリを見せる。気付いた円は、恐る恐るそれを手にし、首輪から外した。

さて、これで己の仕事は終わりである。さっさと帰って火鉢に当たるとしよう。

そう決めて円の手中から抜け出し、道を戻ろうとすると、その体を円が抱き締めて捕まえた。おい、何をしやがる。

「今日だけ、泊まっていってよ。これで最後だと思ってさ……」

寂しげな声で呼びかけられる。

仕方がない。己は抵抗を止め、制服のセーターの中に大人しく押し込められた。膨らんだ腹を鞄で隠しながら家に入り、母に見付からぬように急いで二階へと駆け上がる円の顔を、セーターの中から見上げる。

十年前、北斗堂に毎日のようにやってきた頃のように、彼女は笑っていた。

その後、夕飯も風呂も済ませた円は、埃を被っていたノートパソコンを引っ張り出して、電源を繋ぎ、己から受け取ったUSBメモリを刺す。己はそれを見守りながら体を丸め、ベッドの枕元で目を瞑った。

自分の、本音を赤裸々に暴露した『お手紙』を読まれるのは、少し気恥ずかしい。この娘もあの男も、これを日常として生きていたのか、と感心する。

だが、物語を紡ぐことを苦痛とは思わなかった。それだけは、作家という人種について誤解があったと言えよう。寧《むし》ろ彼らは、常人には苦痛にしか見えぬその作業を、喜々として行っていたに違いない。

今の己は、どうだろう。

時々机の上から伸びてくる、円の手に乗った煮干しを食べながら、己は次第に腹が膨れて眠りに就いた。


夢を見た。

己は、周囲の全ての輪郭が何処かぼんやりとしている場所に居る。屋内のようであるが、判然としない。長く狭いその場所は、裏路地の抜け道にも見える。

しかし目を凝らしてよく見れば、壁は書物を山のように積み重ねて出来たものだった。『古事記』『日本書紀』『古今和歌集』から始まり、『源氏物語』『竹取物語』『土佐日記』『枕草子』『陸奥話記』『閑吟集』『宇治拾遺物語』『東海道中膝栗毛』『浄瑠璃集』『雨月物語』『近世説美少年録』『浮雲』『雪の日』『武蔵野』『みだれ髪』『阿Q正伝』『火星の芝居』『羅生門』『恩讐の彼方に』『銀河鉄道の夜』……

文豪達の本が、何百冊、何千冊と積み上がり、壁となって、道を作っている。これが何を意味するのか理解出来ぬまま、己はゆっくりと道を進む。

靄が掛かったようなその場所を抜けると、美しい緑と青の世界が広がっていた。

春の風が吹いている。見渡す限り、緑の大地と青い空が、単色で塗り潰されたように広がっていた。美しい色合いなのは確かだが、味気無くて、居心地の悪さも同時に覚える。

「――――」

誰かが、己の名前を呼んだ気がする。

心地よいのに、不快だった。声に対してそんな相反する感覚が生まれた疑問を解消出来ず、己はキョロキョロと周囲を見回す。が、二色で染まった世界には、己以外に誰も居ない。声は、尚も己を呼ぶ。

やがて、その声に不快さを覚える理由が判明した。声は、己を真名で呼んでいるのだ。「金之助、金之助」と。

しかし呼ぶ声は、あの男のものではない。確かに己は、あいつに自分の真名を呼んでもらいたかったという願いがある。しかし、それは他でもないあいつ自身に対して望んだことだ。何処の馬の骨とも分からぬ、それどころか姿も見せない相手に呼ばれるのは、甚だ不快であった。

やがて、目の前の空間が捩《ねじ》れ始める。と言うより、歪み始めていた。人の形に。

誰かが居る。己は身を屈め、威嚇の姿勢を取った。と、己が警戒している様子を見てとったかのように、歪んだ空間の中から声がした。今度ははっきりと聞こえる。

「まだ、早かったか」

同時に、歪みは徐々に収まり、波のうねりのようなそれは平穏を取り戻し、再び緑と青の単色の世界へと戻っていった。

今のは何だったのだ、と疑問に思うと同時に、夢を見た、と口にした北斗堂の猫達のことを思い出す。

あれは――


漏れ聞こえる声に気付いて、己はこっそり目を開ける。

己が眠るのに合わせて電気を消したのか、部屋は暗くなっていた。勉強机のスタンドライトの光は己の顔に当たらぬよう、反対側を向いている。その明かりの向こうに、円の顔があった。ライトの白い明かりの下で、円が泣いている。パソコンを前にして、両掌で目を押さえ、ボロボロと涙を流していた。

己はそれを確認して、再びそっと目を閉じる。
この娘、一晩で何処まで読むつもりだろう。今、何処まで読んだのだろう。
焦って読まなくていい。一気に最後まで読まれたら、己が恥ずかしくて仕方ない。
——届くといいな。
最後にそんなことを考えて、今度こそ己は眠る。
最近、己はよく眠る。創作を頑張り過ぎたか、疲れが出たらしい。
朝、起きた時にこの娘がどんな顔をしているのか、観察するのが今から楽しみだ。
だから、もう寝かせてくれ。
己は、眠いのだ。

終

チビは、一応己よりも肉体的な年齢は上のはずだ。だが、未だにピンピンして、店の前の空き地に現れる弱ったトカゲを追い回しては楽しんでいる。

己はと言えば、もうだいぶ体がくたびれ始めていた。

一年と少し前から、目がかすみ始めた。

あれだけ楽しみにしていた飯も、最近では食う量が減った。

夜の書庫整理は、今では完全に魔女の仕事になっている。といっても月に一度丸一日、休業日を使った作業となっているので、負担はそれほどでもないらしい。肉体的な衰えの無い体というのは便利なものである。

今日はその仕事も終え、北星は手を洗うとすぐにパソコンを立ち上げた。スリープ状態から目を覚ましたそれは、ぶーんという不快な音を立て、明るすぎる画面を表示する。開かれたままのブラウザを更新し、北星は今日何度目かの更新履歴の確認をした。

更新は、無い。ふう、と溜め息をついて、北星は本に挟んでいた栞を取り、読書を再開した。

「気にしたって仕方ないだろ」

己は目を瞑ったまま、ボソリとぼやいた。でもさあ、と北星はぶうたれる。

「気になるじゃない、結果」

「まあな」

己はまた襲ってくる睡魔に屈し、会話を打ち切って眠った。春の陽気に、己は決して抗おうとはしないのである。

人間も皆、この陽気に身を任せて休んでしまえばいいのに、好き好んで働いたり、本を読んだり書いたりする。奇妙なことである。


一年前より、眠る時間がずっと増えた。

ニャアと鳴くことも億劫《おっくう》になり、北星に何かをねだるということも少なくなった。

もう、ねこじゃらしのオモチャが目の前で跳ねていても、追い回す気力が無い。

店先の向こうにある、廃車のナンバープレートの文字が読めなくなった。

昔は火鉢やストーブ、炬燵があればぬくぬくと乗り越えられていた冬が、今年は少し辛かった。最近は、北星の膝上が温かいので、そこで眠るのが気に入っている。

そんな己を、北星は妙に気遣って優しく撫でるようになった。もう、ぐしゃぐしゃと痒い所を強めに掻いてくれたりはしない。

最近は店の外も静かだな、と思ったが、どうやら細かな音が聞こえなくなっているようだ。

それでも、雑木林に咲く梅の木から香る匂いは、ちゃんと己の鼻に届いている。

……刺激が、感覚が、遠のいていく。

そうなると不思議と、色々昔を思い出すようになった。

数年前までは、決まってあの男との思い出ばかりだった。日常のあれこれ、あいつが仕事をしている時の後ろ姿、「おい」と己を呼んで何か芸を仕込もうとからかってくる姿。酷い胃痛に苦しんでは不機嫌そうに床に臥《ふ》し、本を読んでいる姿。偉そうに踏ん反り返っているのに、胡座を掻いているその股の上に己を乗せ、頻繁に頭を掻いてる姿。門下生を呼んで癇癪を起こしたり、辛辣な言葉を交わして作品の批評や講評に興じる姿。

だが、今は。

違う人間共の姿と日常を、思い出として回想することが増えていて。

店の掛け軸の絵が、ふと己の視界に飛び込んでくる。

……だから己はふとした思い付きから、特にどうということもない調子で、魔女の膝の上で丸くなったまま、彼女に向かって口を開いた。

「おい」

「うん？」

「結果が出るまで暇だろう。また、本を書かないか」

突然の申し出に、魔女は面食らっていた。しばらく言葉の意味を咀嚼《そしゃく》して、しかしやっぱり訳が分からなかったようで、尋ね返してくる。

「ええと……円ちゃんに？」

「違う」

「じゃあ、誰の為に」

気まぐれだ、と答えようとして、止める。

それは、今の己の心に誠実ではない。

己は、正直に答えた。

「お前の為に」

「え」

言葉を失う北星に、己は億劫に頭を上げて彼女の顔を見て、続けた。

「天照や神々とやらが何を言ったか知らんが、己は——もうお前は、十分に罰を受けたと思う。果ては自分を殺し、自尊心の為ではなく、人の為に一度、本を書いたわけだ。稚拙だろうが下らなかろうが、本は本だ。誰かを貶《けな》す為ではなく、誰かの為に書いた本であれば……もうお前が苦しむ必要は無いのではないか？」

問う。が、呆然とした北星は項垂れて、弱音を零した。

「私には、分からない……」

しおらしいな。弱気な北星に向かって、己は続けて言う。

「お前が本を書く意味とその価値はあると、己は思うよ——何、また己が話をしてやろう。十数年間、お前に話していなかった、己の話だ。物語の一興にでもするといい」

え、と驚き、北星は期待を込めた笑顔を浮かべる。が、己は鼻でそれを笑って否定した。

「勘違いするな。己が、過去に出会った作家とやらの話をしても、それは伝記か何かでしかない。物語とは言えんし、そもそもお前に教えてやるつもりはない」

「ちぇっ。じゃあ、何の話をしてくれるの？」

「作家の話だ」

「三秒前と言ってることが違う」

呆れて眼鏡を外す北星に、己はハッキリと、「違うものか」と静かに告げる。


「己が話す作家というのは——お前のことだよ」


……沈黙。

呆けた顔のまま硬直した北星は、膝の上に座る己をしばらく見つめ続ける。

ややあって、言葉に詰まりながら北星は何か言葉を言おうとする。が、形にならない。代わりに、ぽろぽろと涙が零れ始めた。その上、うええ、と子供みたいな声で泣き始める。

ああ、全く。よく泣く女だな、お前は。

自分のブロマイドを二枚も店に飾る奴だろう。もうちょっと自信を持ったらどうだ。

ほら、そんなに泣くなよ。

己が居るだろう?


己は翌日から、一つ一つ、自分の物語を話し始めた。

九つめの命を授かってから、この街に、そして北斗堂にやってくるまでのこと。

一つめの命のこと。

円と初めて一緒に道を歩いた日のこと。

二つめの命のこと。

ほんの少しだけ、三つめの命のこと。

木村のこと。

カアのこと。

ルルのこと。

四つめの命のこと。

チビやジイノのこと。

キヌのこと。

円のこと。

五つめ、六つめ、七つめ、そして八つめの命のこと。

一つ一つ、己が見てきたもの、体験してきたことを話していく。

そんな己が十七年の歳月を経て、ずっと時間を共にして生きた一人の女のことも伝えた。

そいつがどれだけ物語を、そしてそれを紡ぐ人間を愛しく思い、苦しんだか。己の目に映った、ありのままの女の姿を、誠実に伝える。

己が原作の二作目ということもあり執筆はスムーズに進むかと思われたのだが、歯痒いことに、北星が頻繁に泣きやがるので、作業は遅々として進まぬ。

彼女が泣き止むのを辛抱強く待つ、という状況が往々にして発生したのだが、しかしその長い待ち時間さえも、何故だか己には心地が良かった。

……そうして、本文の執筆も七割近くが済んだ頃。例の発表があった。

とあるウェブ小説のコンテストに応募した円の小説が大賞を受賞したニュースである。

小さな賞だった。賞金も無い。しかし商業誌への掲載が確約されている賞であった。これであいつの物語は、紙の本となり、電子版となり、多くの人間に読まれていくことだろう。それがまず、何よりも喜ばしかった。

主人公は、漫画家を目指す少女だ。彼女の友人や家族、周囲の人間達の他、彼女が大切にしている飼い猫など複数の視点を通じて、精神的に少女が成長していく物語である。その作中に、少女の町にある純喫茶の女店主が登場するのだが、その店主のあだ名が「魔女」となっている辺り、完全に北星を意識して書いている。加えて、物語に出てくる猫達は言葉を話し、少女を見守るという設定まで出てくる。これには苦笑せざるを得なかったが、とても楽しかった。誰もこれを、現実を基にした物語だとは思うまい。それがとても滑稽で、小気味よい。

魔女は己との執筆を一時中断し、ウェブ上に公開されたその小説を、己やチビ、ジイノに向かって読んで聞かせる。己達は、その物語を大人しく、じっと聞いていた。

優しい物語。困難が続き、夢を諦めかけるが、再び自分を鼓舞し筆を握るその物語は、確かにかつての円自身を重ねている。

自伝的な小説に寄っている部分もあり、今まで円の書いてきたそれとはだいぶ毛色が違う。まあ、困ることもあるまい。あの男だって、この己が居なければきっと、あの有名な一文で始まる物語など書けなかったに相違ないだろうから。

それにあの子は、この一作だけで満足して終わる器ではない。

ここからきっと、あの子は執筆を続けていく。物語を生み、言葉を紡ぎ続けていくだろう。折れた翼の怪我を治し、未知の世界を夢見て天高く飛び立つ、カラスのように。

これこそ、己らがあの時最も切に願ったことであった。

選考結果が発表された翌日、円が北斗堂を訪れた。社会人生活三年目に入ったという。嘗て耳に開いていた多くのピアス穴は殆どが塞がり、今では一つ二つ、慎ましやかに輝く耳飾りが跳ねるように揺れているばかりだ。顔色も、だいぶ良くなった。

嬉しそうに北星に何度も頭を下げる円の話に、己はあまり興味が湧かない。だが円はたびたび己に手を伸ばし、優しい手つきで己の頭を撫でる。それは心地よく、己はただされるがままにしていた。

会話の中で、北星はまた自分が物語を書いていることは言わなかった。気恥ずかしさがあったのだろう。己が、目の前で自分の物語を読まれることが恥ずかしかったように、自分を題材にした小説を読まれることに気《き》後《おく》れしていたのだ。

だが、円はそれをした。

世界に向けて自分が書いた物語を発表し、受け入れられた。

——だから、お前にも出来ることだと思うよ。

心の中で北星に言って、己はそのまま眠ることにする。


夢を見た。

嘗て命を散らしていった過去の記憶の夢ではない。そして、現実に即した夢でもない。

己は、本で出来た狭い道に居た。

モルタルで固められた床はくすみ、所々にカビが生えている。そんな床で出来た通路は狭く、曲がりくねり、先がよく見通せない。人の子供がやっと通れる程度の幅である。あの男の時代によくあった、下町の入り組んだ裏路地の雰囲気を思い出させる。天井は、北斗堂と同じ色をした木材で出来ていた。

いつか見た、輪郭の曖昧な夢——それが明確な形を伴って今、己の目の前に再び現れている。

最も奇妙なのは、通路を形作る壁である。通路を挟む両側の壁は、うずたかく平積みされた本で出来ているのだ。

『古事記』『日本書紀』『古今和歌集』から始まり、『源氏物語』『竹取物語』『土佐日記』『枕草子』『陸奥話記』『閑吟集』『宇治拾遺物語』『東海道中膝栗毛』『浄瑠璃集』『雨月物語』『近世説美少年録』『浮雲』『雪の日』『武蔵野』『みだれ髪』『阿Q正伝』『火星の芝居』『羅生門』『恩讐の彼方に』『銀河鉄道の夜』……そして――

『吾輩は猫である』

物語という、凝縮された世界の集合。本が乱雑に積まれたその空間は、ほんのりと明るい。

いつかこんな夢を見た気もするが、思い出せない。退路も無いようなので、己はトットコと先に進む。最近は全く忘れていたほどに体が軽い。いや、明らかにこれは夢であるので、それも当然のことだと思う。夢の中でまで老体では敵《かな》わぬ。

どれだけ、己は本の道を進んだだろう。やっと終わりが見えた先は、北斗堂の引き戸である。見慣れた昭和ガラスの嵌め込まれた、ねじ式の錠が付いたあの古い引き戸だ。己は前足を僅かな隙間に差し込んで押し広げ、頭が通るだけの隙間を作り、ヨッコラセ、と外に出る。そこは、いつもの北斗堂の店先ではない。

草原だった。

大小の丘が連なりながら、何処までもそれは続いているように見える。少なくとも、己の背丈から見回せる景色は二色しかない。空の青と、草原の緑である。まるで、その二色だけが北斗堂の外に存在する全ての色彩であるかのように。

振り返ると、遮るものの無い、ただただ広いその草原に、北斗堂がポツンと建っている。己は今、あの建物から出てきたらしい。しかし、はて。あのオンボロな古本屋の外装が、少しだけ綺麗になったような。

「大義であった」

と、突然女の声がした。後ろの北斗堂を呆然と眺めていた己は、ハッとして正面に向き直る。

そこには、数秒前まで立っていなかったはずの女が居た。

涼やかな顔をした女だった。若いようにも、歳が行っているようにも見える。二十代と言われても、五十代と言われても納得するだろう。そんな、奇妙な女である。

「誰だ、お前」

問うと、気怠《けだる》げな顔をしたまま女は答える。

「誰でもない。お前にとっては。……それとも、話しやすい方がいいか」

女の顔がぐにゃりと歪む。合わせて、骨格が、そして服装が変わっていく。精巧に作られた粘土の像をぐちゃぐちゃに捏《こ》ね回すような動きをしたかと思うと、徐々にその顔が、そして背格好が、新しい形になっていった。

そうして、変化した姿形と服装が定まっていき、やがてはっきりとした形を得る。

その瞬間、己は驚愕に目を見開いた。

——あの男が、立っている。

口髭、無愛想な顔、羽織を引っ掛けた浴衣姿、本の匂いを漂わせる体臭。全て、己が共に過ごしたあの男とそっくり同じ姿のままだった。

己は身体中の毛を逆立て、後退《あとじさ》る。

全てが、あの男そのものの姿で。だからこそ――

「この方が、お前も話しやすいと……」

「あいつを侮辱するな！」

その姿を偽るお前は、あいつではない。それは、この上無い侮辱だった。己とあいつの記憶と思い出を土足で踏み躙《にじ》るような。だから、己は思い切り唸り声を上げた。癇癪を起こしたあいつがそうしたように。

ふむ、と短く唸り、あいつの姿をした男は再び、その姿をぐしゃぐしゃにして、また先程の女の姿に戻る。

「失礼した。他の猫達はとても喜んでくれたのだが。お前はどうも、他の猫達とはだいぶ違うらしい」

「お前は、誰だ」

改めて問う。女はやはり気怠げな表情のまま、淡々と答える。

「書物を愚弄した本の神を、人の身に堕とした責任者だ」

「何」

「人は、天照と呼ぶよ」

天照——確かに女はそう言った。

人の語る物語に唾を吐いた魁星を堕とし、罰を与えた本人。その相手が、己の目の前に居る。

これが本当に夢だとしたら、大層お笑い草である。

そう考える己の腹の内を読みでもしたのか、女は「夢ではあるが、夢ではないよ」と支離滅裂なことを口にする。

と、まるで何十年も昔からそこにあったという風に、突然姿を現した木の切り株に、女は腰を下ろす。それは確かに、たった二秒前までそこには存在していなかった切り株だ。

この切り株は……この夢の世界で、こいつが今創り出したのか？

疑問に思う己を差し置いて、女は口を開いた。

「あの北斗堂に居ついた代々の猫達に、我々は褒美《ほうび》を取らせている。魁星の奴に罰を与える、その務めを終える者達への褒美だ。皆、自分に真名を与えた飼い主の姿で私が現れるととても喜んでいたのだが……怒ったのは、クロ、お前が初めてだ」

自分勝手なことをペラペラと話し始めて、女は初めて微笑を湛える。「あいつに物語を書く真似事をさせているほどの変わり者であれば、道理かも知れん」

「何を言いやがる。己は己だ。好き勝手を言われたり、従ったりするつもりは無いぞ」

徐々に苛立ちが募る。先程の、己に対して見せた最低限の敬意さえ、上っ面に過ぎないと悟った。こいつは、木村と同じだ。自分の目的の為にもっともらしいことを言って、形だけの誠意を見せる。真情ではなく、義務として。

ふう、と小さな溜め息を漏らし、女は続けた。

「無理だ。お前達も魁星も、我々と北斗堂から逃げることは出来ない。猫達はそれぞれの文豪達の人生を語り、あいつを苦しめる責務を負い続けるのだ。そしてあの咎人《とがびと》は、矮小《わいしょう》な世界で、些末《さまつ》な人間の作り出した些々《ささ》たる成果にさえ手が届かなくなってしまったと思い知る。自分の存在の卑小《ひしょう》さを自覚することで」

その言葉に、己はハッとする。

「――あいつを罰したのは、人を軽んじたからではないのか」

「結果としてはそれも正しい。しかし真の咎は、あいつが神性を損ない、一線を踏み越えたことにある。我々はあの者を、あくまで神として罰している。人間の想像力や創造力ごときを恐れ、その世界を壊そうなど。神としてあるまじき怯懦《きょうだ》であろう」

だから、堕とした。

女はつまらなそうに言って、脚を組んでぶらぶらと揺らす。まるで、こんな些事を説明させるな、と言いたげに。

己の体が、震える。恐怖ではなく、炎のように燃え上がる強烈な怒りによって。

ふ、と表情を和らげ、女は柔らかい声音で言う。

「まあ、形が違ったとは言え、お前も他の猫共と同じように役目は果たした。魁星に人間の真似事をさせ、獣の語る物語を大層有り難そうに文字に書き起こさせた。愚かしい所業だ。だがあいつもいずれ思い知るだろうよ。実のところ、自分が何も成していないのだとね。それ故に今回も十分に罰となった。さて、お前への褒美だが……」

「要らぬ」

己は最後まで聞かず、きっぱりと断った。女は虚を突かれたような顔をして、しばし言葉を失くす。

「何だって？」

「お前からの情けなど、要らぬわ」

己が言い切ると、女は苦々しい顔で舌打ちをした。神とやらも、大層な品格をお持ちのようだ。

「おい。天照が直々に、畜生道から解脱させてやろうというのだぞ。十萬億土《じゅうまんおくど》を拒むのか？有り難く頂戴しろ。他の猫共は私に感謝したぞ、『九つめ』を終えたら常世の国で安楽に暮らせるのだから」

かったるそうに話をする女の言葉を、己はもう聞いていなかった。

己をこき下ろすなら、別にいい。己の生き様には関係の無いことだ。

だがこの女は、物語を紡いできた数多の人間共とその産物を、馬鹿にした。あの男のことも、魔女のことも、円のことも、等しく。

お前に、家庭の事情で筆を折らねばならないと思いつめた作家の苦しみが分かるか。衷心《ちゅうしん》から物語を紡ぎたいと願っても叶わない作家の無念と絶望が分かるか。

お前には、あいつらの創り出したものは塵芥に等しく見えるのだろう。あいつらが一生涯で成すものはこれで終わりだと、決め付けているのだろう。

そんなわけがあるか。

あいつらはきっと、大昔から連綿と続いてきた数多の作家達の、その連なりに名を刻むのだ。それが今ではなくとも、いつかきっと、必ず。

その可能性を信じられぬ者が、人を裁量するな——神を名乗るな。

あいつらの描こうとしている物語。その想像の先にある世界に、一体どれだけの価値があるか——お前なんかに、分かるものか。

己には、どうにも女の態度が我慢出来なかった。だから、話すことも無い。

振り返り、北斗堂を睨む。風がそよぐ平原で、それは威圧的に建っている。捕らえた何者をも逃がすまいとする、堅牢な牢獄のように。

殺風景な草原のただ中に建つそれは、夢の中でありながら、確かに神々によって設けられた概念である。この牢獄は、あの魔女を閉じ込めている。そして、己の魂も。

だが、忘れるな。


ここは、己の世界だ——

心の中で強く言い切った途端、大地が揺れた。

徐々に大きくなる轟音と共に、無限に広がると思われた草原の土地、そのあちこちが隆起を始める。

どん

と、山が火を吹く勢いで、草原のあちこちから、溶岩のような泥土が噴出し、龍のように暴れ始めた。

「何だ。お前……何をしている」

女が凄むが、猫である己は飄々とそれを聞き流し、この夢の世界を次々と作り変えていった。

神だか何だか知らぬが、この女は余程つまらぬ奴と見える。無駄を排したこの夢は、あまりにも退屈だ。北斗堂の他にあるのは、地を覆う草と、雲も無く濃淡の情緒も無い単調な青だけである。

世界は、もっと自由でいい。

巨木が幾本も生えた荘厳な森でもよかろう。季節を無視した、千種《ちぐさ》の花々が生える美しい丘でもよかろう。頭上を鯨が飛ぶ都市でも、雲の上に建つ王国でもよい。海の中に領土を持つ国でも、雪男が住む過酷な雪山の谷間にある一軒家でも楽しそうだ。

想像するだに、面白いではないか。

そんな無限の想像の先に存在する世界を、こいつは何故馬鹿にしやがるのか。

思い知れ、と己は呟き、暴れ龍のような泥土に意識を集中させた。

泥の奔流は、己という一匹の猫の記憶を遡り、己を形作ったあらゆる全てを形にし、想像の暴力を作り上げていく。草地は次々と割れていき、大地が隆起し、無限に溢れ出す龍は、その身に己の記憶の全てを巻き込み、暴れ続ける。

巨木が、草木が、花々が、本が、馬車が、軽トラックが、日本刀が、虫が、枡が、錆の浮いた車が、爆弾が、B-29が、ビルが、カラスが、飼育ケージが、フェリーが、駅が、マタタビが、電車が、墨壺が、火鉢が、炬燵が。

次々と大地から湧いては降り注ぎ、退屈な世界を呑み込んでいく。

そして、小山のような壁となり視界を覆い尽くしたその圧倒的な物量は、大雪崩のような轟《ごう》音《おん》を立てながら崩れ落ち、勢いそのままに黒い大波となって北斗堂に向かっていく。

女が血相を変え、叫んだ。

「何をする、クロ――止めろ！」

勿論、己は止めなかった。

何故って、当然だろう。

あいつを縛る呪いを掛けているのは、他ならぬこの北斗堂だ。あの女が創り出したこの夢の中で、今あれを壊さずに、どうする。

神とやら。お前に、洒脱《しゃだつ》な猫が人間社会を滑稽に諷刺する話が書けるのか。心を迷わすあまりに虎となった人間の苦悩の物語が書けるのか。無限の宇宙を行く銀河鉄道の旅路に、人の生死を重ねた物語を紡げるのか。

お前の想像はこの程度か？　このつまらない草原と濃淡の無い青だけが広がる空が？

神が、聞いて呆れる。

人間はそんな限界など、易々と超えるぞ。

きっとこれから、あの娘も、あの魔女も。

それともお前はあの二人が、自身になぞらえた話や人から聞いた物語を書いて終わる小物と見くびったか？　そんなわけがあるか。

きっとあの二人は、想像の先へ行く。誰も見たことのない世界と地平を切り開く。

だから——ざまあみろ。

己が女を嘲ると同時に、濁流と化した想像の産物が北斗堂を圧《お》し潰し……跡形も無く呑み込んだ。

泥流は北斗堂を圧し潰すと同時に流れを自在に変え、草原を彼方へと押し流していく。雲が流れていく空を背景に、土色の濁流は耳をつんざき腹に響く轟音と共に、退屈な世界を変えていった。

しばらくしてようやく、徐々に濁流の勢いは衰え始め——やがて、止まる。

静かになったそこは、己が産まれた森の中の神社だった。勿論、動物嫌いの爺も己を産んだ母も、姉も兄も居ない。現実に居る今の己には、もう居場所がある。今はただ、懐かしいからと、この社を思い起こして再現しただけである。

己には、思い出だけがあればいい。記号だけの事実など、煩わしいだけだ。

己は、蟬達が合唱を始める六月の森の空気をヒゲの先に感じながら、やっと腰を上げてトコトコと社へ向かう。そうして、呆然とする女を無視し、その縁台にゴロリと寝転がり、体を丸める。やれやれ、一仕事を終えたが、老体にはこたえる。

　女は声を震わせ、怒りと失望を滲ませた声で吐き捨てる。

「冒瀆者め……お前の魂はもう、常世にも黄泉《よみ》にも行けんぞ」

「そうか」

「愚かな！　クロ、お前はもう死ぬのだぞ！　『十回め』なぞ無い。今度こそ終《しま》いだ。お前の魂には未来永劫、二度と安らぎなど訪れぬというのに……！」

　ふん、と己は女の言葉を鼻で笑う。

「そんなことか。話が終わったなら、早《はよ》う行け。それとな——己の名は、金之助だ。間違えるな、神とやら」

　言い捨てると、まだ女は何事か言いたそうに佇んでいたが、やがて霧が晴れるようにその影が薄くなり、霧散する。

　やれやれ、やっと静かになった。

　円と魔女が無事ならば、己はもう、それでいい。あいつとの話など、時間の無駄である。

　己は、懐かしい木々の葉音、鳥や蟬の声に耳を澄ませながら、目を閉じた。

すん、と花の香りがして、閉じていた瞼を開く。

ぼんやりと視界の焦点が合っていくその先には、いつもの北斗堂の店先がある。小洒落た黒看板。己ら猫の為の水皿、そして散り始めた桜の花びら。

ふむ、と意味も無く声を出し、ちょっとだけ伸びをする。が、バランスを崩して落ちそうになる。当たり前だ。己が寝ていたのは、北星の膝の上であった。

「おっと。どうしたの」

北星に問われ、己は首を傾げて答える。

「いや、もうすっかり忘れたが……夢を見た気がする」

店先を眺めながらぼんやりそう言うと、頭上で北星の息を呑む気配がした。己の背を撫でる手が止まる。「どうした」

「……何でもない。どんな夢か、覚えてないの？」

「そう……」

「うむ。だが心地のいい夢だった」

「だが何故だか、妙に向《むか》っ腹《ぱら》も立ったな」

「え？」

素《す》っ頓狂《とんきょう》な声を上げる魔女が珍しくて、己はぐい、と首をもたげてその顔を見る。悲しそうにしていた顔に驚きの表情が混ざり、何とも不可思議だった。

「何だ、その顔は」

呆然とした風な魔女の顔は、徐々に柔らかくなり、涙を堪えるように潤ませた目をじっと己に向けて、静かに答えた。

「ううん、何でもない」

そうしてまた北星は、己の背を優しく撫で始める。

――ああ、心地が良い。

己は再び北星の膝に顎を乗せ、しばし物思いに耽った。

桜が、散っている。

この先訪れる夏が終われば、己がこの店にやってきて十七年の月日が経つ計算になる。その頃には、本の執筆も終わっているだろう。

だが、己が十七歳を迎えられるかどうかは、正直分からない。

最近は特に眠くなり、飯も殆ど食えなくなった。

魔女の膝の上ばかりが心地よい。

「円ちゃん、実家を出て、猫を飼うんだって」

己の返答など気にせず一人語りをする魔女の声がする。己の頭と背を撫でる手が、とても優しい。

そんな素敵な一日だというのに、己の頭の中には最近、再びあの男との思い出が蘇ってくる。

「きっと、素敵だと思う。だってあの子は、作家になるんだものね」

わざわざそれをせずとも生きるには困らぬはずなのに、それでもあの男は筆を執ることを止めなかった。だがそれは決して茨《いばら》の道ではなく、自らを救済し、そして日々の飯を食う為に必要なことだった。今なら、よく分かる。

……とかく、この世は面白い。

「作家の飼う猫だよ。とても、とても素敵なことになる」

あの男のように、自らの心を癒し救済を得る為に、虚構に光と夢を見出し物語を紡ぐ奴が居る。円のように、大きな感情を形にしたいが為に、自分の人生の分身を物語に投影する奴も居る。

だが話を創るというのは、それだけが原動力ではあるまい。

相手の心に、自らの体から溢れ出る衝動をぶつけ、刻み込む。一生残るような、深い深い記憶を。そんな、攻撃性さえ孕んだ表現方法に魅入られた大馬鹿者達が挑む茨の道。それが、本を書くということやも知れぬ。

「十年とか十五年とか、長い時間を一緒に過ごしたら、その後、あの子の猫はさ」

そこには理屈も論理も無い。制御出来ない感情や衝動を自分の心の内だけに留められず、想像を超えた先の地平に見える世界を、誰かに見せてやりたい。そんな究極のお節介と衝動的本能が表現という力を得てしまった為に暴走する、滑稽な生き物。自分の心から溢れ出るものを礎に、たった数十万文字の羅列の中に、それを凝縮させようとする熱意。

これを呪いと言わずして、何と呼ぼう？

文字に魅入られた呪いを受けた大馬鹿者に科せられた罰——書くということ。

「悲しまれながら死んでしまったら、生まれ変わったその猫はきっと、北斗堂に来るよね」

ただ生きるだけならば、猫のように、ただ漫然としていれば良い。そんな己らと違い、或る種の人間は自ら苦難の道を進み、自らを言葉で表そうとする。そうすることでしか幸福を得られぬと信じきってしまう程に、連中は文字に、そして物語に狂うのだ。

一生、人生の寄り道をし続ける、奇妙な生き物。

こいつらが人生の終わりの果てに、物語を紡ぎ続ける意味と意義、価値を見付けることは出来るのだろうか？


——己は、出来たぞ。


「だって、作家の猫なんだもの」

思えば、長い長い命の灯火《ともしび》だった。

何の巡り合わせか、文豪と呼ばれる男の下に居付き、あいつに親愛の情を寄せた。

何の巡り合わせか、物語を紡ぐことを禁じられた神の下に居付き、筆を握らせた。

九つ分の命を使った果てに己が北星に与えたものは——物語がもたらす、救済だった。たった一人の心を癒す為の。

これは果たして、ちっぽけなことか？　まさか。

「その猫がやってきたらきっと、私とか、君達猫の話をしてくれる。今から、それがとても楽しみだよ」

この命を魔女に使う為に、己はあの男と共に生きたのかも知れぬ。そう思えるくらいに、やはり己の中であいつの存在は大きく、そして温かだった。

あの癇癪持ちとの思い出はまだ己の中で息をしている……そういうことにしておけば、一つの物語の結びとして格好がつくだろう。

だから己は、それ以上を魔女には語らない。

己の真名も、結局魔女には教えていない。

この名前は、己とあいつだけのものだ。

北星が無言で、そっと己の頭を撫でる。何度も、何度も。

己はあの男の手を思い出しながら、しばし魔女の手の温もりを感じて。

ややあって、ゆっくりと春の眠りに就いた。


（了）

単行本化にあたり、『日本ファンタジーノベル大賞２０２４』
大賞受賞作品「猫と罰」に加筆・修正を行いました。

装画　はやしなおゆき

宇津木健太郎《うつぎ・けんたろう》

一九九一年生まれ。埼玉県越谷市出身。本で溢れる家に育ち、気付けば小説を書くようになっていた。いつかはプロの作家になれると根拠の無い自信を胸に執筆を続け、同人活動を続ける中で二〇二〇年に『森が呼ぶ』で第二回最恐小説大賞受賞。本作「猫と罰」で「日本ファンタジーノベル大賞２０２４」大賞受賞。

猫《ねこ》と罰《ばつ》

発行 二〇二四年六月二〇日

著者 宇《う》津《つ》木《ぎ》健《けん》太《た》郎《ろう》

発行者 佐藤隆信

発行所 株式会社新潮社

〒一六二―八七一一 東京都新宿区矢来町七一番地

電話 編集部 〇三―三二六六―五四一一

読者係 〇三―三二六六―五一一一

https://www.shinchosha.co.jp

装幀 新潮社装幀室

印刷所 株式会社光邦

製本所 加藤製本株式会社

乱丁・落丁本は、ご面倒ですが小社読者係宛お送り下さい。送料小社負担にてお取替えいたします。

価格はカバーに表示してあります。

ISBN978-4-10-355671-8 C0093

絡新婦《じょろうぐも》の糸　中山七里
警視庁サイバー犯罪対策課

凶器は140字、共犯者《フォロワー》は十数万人。妬みと憎悪で私刑を煽る、ネット界最恐の情報通を追い詰めろ！「どんでん返しの帝王」が贈るSNS時代の社会派ミステリ！

左右田《そうだ》に悪役は似合わない　遠藤彩見

エンタメ業界の現場で生じた謎を人知れずに解決する名探偵は、無名のオジサン俳優！　脇役ならではの観察眼をきらりと光らせ「犯人」を救う、ライトミステリー。

くらべて、けみして　校閲部の九重さん　こいしゆうか

文芸版元の土台を支える異能の集団・新潮社校閲部をモデルに、文芸界のリアル過ぎる逸話や校閲者たちの汗と苦悩と赤ペンの日々をコミカルに描くお仕事コミック！

食べると死ぬ花　芦花公園

人生に絶望した者の前に現れる、怖ろしいほど綺麗な男・ニコ。彼は頑張った人に「贈り物」をくれるという——。ホラー界の気鋭が描く、血と涙で彩られる美しき地獄。

ラザロの迷宮　神永学

湖畔の館で開催された謎解きイベント。事件を解決すれば脱出できるというが、発見されたのは本物の死体で——。一行先さえ予測不能のノンストップ・ミステリ。

わたしたちに翼はいらない　寺地はるな

他人を殺す、自分を殺す。どちらにしてもその一歩を踏み出すのは意外とたやすい。心の傷は恨みとなり、やがて……。「生きる」ために必要な救済と再生をもたらす物語。

ＴＲＹ48　中森明夫

もしも寺山修司が生きていたら——85歳、アイドルをプロデュース⁉ 寺山と少女たちが停滞した世の中を塗り替える、スキャンダラスで知的興奮に満ちた痛快長編。

出版禁止　いやしの村滞在記　長江俊和

裏切られ、傷つけられた者が集う「いやしの村」。しかしそこには、「呪いで人を殺すカルト」という噂があった。真相を探るべく、ルポライターが潜入取材を試みる。

いつまで　畠中恵

長崎屋から妖の噺家・場久と火幻医師が消えた。彼らを探すため影内に入った病弱若だんなは、全ては哀しい妖の仕業だと知る。「しゃばけ」シリーズ第22弾は長篇。

狭間の者たちへ　中西智佐乃

痴漢加害者の心理を容赦なく晒す表題作と、介護現場の暴力を克明に描いた新潮新人賞受賞作を収録。目を背けたいのに一文字ごとに飲み込まれる、弩級の小説体験！

灼熱　葉真中顕

「日本は戦争に勝った！」——戦後ブラジルの日本移民を二分した「勝ち負け抗争」。親友を引き裂き、人々を駆り立てた熱の正体とは。分断が進む現代に問う傑作巨篇！

擬傷の鳥はつかまらない　荻堂顕

「門」の向こう側へ人々を〝逃がす〟サチのもとに、二人の少女が訪ねてきて……。現代の「祈り」と「贖罪」を描破した、第7回「新潮ミステリー大賞」受賞作。